致青春 103

娛樂圈是我的，我是你的

【第二部】燈火璀璨

（中）

春刀寒　著

高寶書版集團

目錄
CONTENTS

第十一章　舞臺劇

那只是蜻蜓點水般的一個吻。

柔軟相觸時，像被迷了心智的許摘星瞬間清醒過來，瞳孔猛然放大，飛快抬頭，然後緊繃著身體坐回原位。心臟彷彿擂鼓一樣，安靜的屋子裡響起急促的心跳聲。

因為坐得筆直，沒看見仍靠在自己肩上的愛豆輕輕勾了下唇角。

許摘星現在只想把自己這罪惡的嘴割掉！

褻瀆仙子這種事妳也敢做？

妳是被什麼妖魔鬼怪附身了嗎？

妳對得起哥哥的信任嗎？對得起飯圈千千萬萬的小姐妹嗎？對得起妳曾經的媽粉身分嗎？

哪怕妳現在已經是女友粉了，也應該做一個矜持的女友粉啊！怎麼能這麼放蕩縱容自己啊！

趁著愛豆睡著偷親愛豆這種事傳出去，是要被千人指萬人罵的啊！妳算哪塊小餅乾，竟然敢玷污愛豆的清白！

許摘星想打死自己的心都有了。

可她還是動也不敢動，不想把愛豆驚醒。

結果內心瘋狂崩潰了沒幾分鐘，就感覺肩頭一輕，岑風揉著眼睛，一副大夢初醒的樣子緩緩坐直身子。

許摘星的心尖又是一抖，聽到他含糊的聲音：「幾點了？」

她手忙腳亂地找手機，後來又想起背後的牆上有時鐘，轉頭一看，結結巴巴地說：「四……四點了……你睡了一個小時。」

岑風俯身倒了杯果茶喝了，看起來才清醒一些，轉頭看著她問：「手麻了嗎？」

許摘星連連搖頭：「沒有沒有，一點感覺都沒有！」

確實是一點感覺都沒有，已經麻到沒知覺了。

她緊張地坐在原位，因為剛才偷偷做了壞事，眼神有些閃躲，正想找個藉口開溜，岑風突然一下子湊近。

許摘星嚇得心跳差點停了。

聽到他好奇地問：「妳的臉這麼怎麼紅？發燒了嗎？」

說完，還伸手摸一下她的額頭。

他有些涼的手指貼在她的額頭上，更讓她想起剛才嘴唇相觸的柔軟感。

許摘星感覺自己頭頂已經開始冒煙了，喘了兩口粗氣，結結巴巴說了句「我……沒事……只是有點熱」，然後一溜煙跑進洗手間，足足二十分鐘沒出來。

岑風看著緊閉的廁所門，終於低聲笑出來。

有了這麼一齣，許摘星是不敢留他吃晚飯了。她決定接下來一個月都要吃齋念佛淨化心靈，洗滌她今日犯下的過錯。

從許摘星家離開的第二天，岑風開始閉關做專輯，有時候乾脆睡在洪霜那裡。接觸久了，覺得這位天才音樂製作人其實挺可愛的，有點老頑童的風格。

他一閉關就是真的閉關，沒有任何公開行程，社群不發文不上線，粉絲連他一根毛都見不著。

本來以為有了工作室後，哥哥就會開始認真營業了，結果為什麼比之前更神隱了啊喂！

天天哭唧唧去騷擾工作室。

『小室，哥哥呢？你把我哥哥藏去哪了？』

『叫你老闆出來營個業吧求求了，他的社群數據都快過期了啊喂！』

『我只是一個被打入冷宮的粉絲罷了。』

『小室你老實告訴我們，哥哥是不是去搞機器人了？我們很堅強的，你說實話我們也可以承受！』

『出道以來，沒發過一張自拍，我粉的是什麼社恐愛豆（疲憊微笑）。』

『哥哥是不是不知道手機怎麼開前置鏡頭？小室你教教你老闆吧！』

尤桃抱著手機看風箏們的留言，截了幾張圖傳給許摘星。

桃子：『大小姐，妳讓老闆上線發個文吧。』

上天摘星星給你呀：『妳自己跟他說啊。』

桃子：『……我說他可能不會理。』

上天摘星星給你呀：『……那妳是怎麼覺得我說了他就會理呢？』

尤桃：「……」

妳可能對自己在老闆心中的地位沒什麼數。

最後去錄音室送飯的時候，尤桃還是鼓起勇氣跟岑風說：「老闆，粉絲最近都挺想你的。」

岑風看了她一眼：「嗯？」

他平時對員工很好，但每次被他習慣性的淡漠的眼神一掃，尤桃還是有點不敢逾越，畢竟自己也沒資格要求老闆做他不願意做的事。

於是她說：「摘星說想看看你工作時的照片。」

岑風：「好，等一下妳照吧。」

尤桃：get！

於是傍晚時分，工作室連發九張照，是戴著耳機在錄音室認真工作的岑風。

——@岑風工作室：『今天也是努力工作的一天（奮鬥）。』

雖然不是自拍，但這種工作的私房照還是很讓人驚喜。

風箏們簡直像久未進食的狼，嗷一聲撲上來了。

『錄音室的哥哥！我升天了！』

『啊，這個格子襯衫也太酷了，認真工作的哥哥也太帥了，瘋狂捂心。』

『沒有去搞機器人！在搞音樂！我安心了！』

『第七張是什麼人間絕色，那個抿嘴是真實存在的嗎？』

『求求你們放大品品第三張這個喉結，我死了。』

『我又可以了！我活了！寶貝我愛你！』

『是新歌嗎新歌嗎新歌嗎？』

工作室上傳照片沒過多久，再次發布了新歌即將上線的消息。其實也不算新歌，就是當時跟〈流浪〉一起製作的那首歌，叫做〈風光〉。

之前〈風光〉少了一點他想要的空吟迷幻的和聲，但是錄了幾版都不滿意，所以一直沒發。這次跟洪霜合作新專輯，岑風從他那裡學到不少，於是改了編曲，重新錄製，終於做出他想要的效果。

愛豆雖然不露面，但一直在做歌，風箏們頓時滿足，乖巧等待新歌上線。

月底的時候，〈風光〉於各大音樂平臺上架了。

有粉絲的大力支持，岑風的歌一上架各類榜單就會排到第一。第一名都有首頁專門的宣傳欄，路人一點開APP就能看到，大部分都會點進去聽一聽，無形之中增加了歌曲的流量。

聽完〈風光〉，風箏們紛紛表示：這首歌好高級啊！

歌寫心情，他當時在飛機上被波瀾壯闊的雲海金光打動，那種感覺也被寫進了歌裡，聽眾自然而然能感受到歌裡空靈又遼遠的意境。

比起〈流浪〉，〈風光〉的傳唱度可能會低一些，但它代表的音樂水準沒有一個樂評人能說不夠高。

歌一發，熱搜就安排了，辰星的公關部簡直就是為岑風開的一樣。畢竟大小姐有令，誰敢不聽。

網友們很快就知道岑風又發歌了，鑑於之前對他的音樂的認可，有了新歌也不排斥去聽一聽。

聽完回來問：岑風這發歌速度，這歌曲水準，請問他是個沒有感情的寫歌機器嗎？

寫歌機器對於網路上的評論並不關心，每天依舊在錄音室忙碌。

他畢竟是在洪霜家裡，許摘星也不好去別人家打擾，再想念也只能忍了。

剛好公司最近沒什麼事，她前兩個月又正式從大學畢業，不用隨時隨地被召回學校，於是收拾收拾行李，回家去了。

現在交通方便，不忙的時候她經常往家裡跑。當年剛讀大學的時候許父許母還難過分別，結果這幾年她回得太勤，許母開始煩她了。

孩子一走，才知道不用照顧孩子的生活有多愉快。

老倆口週末再也不用開各種家長會，不用把大部分的心思都放在孩子身上，不用監督照顧陪寫作業。啊，彷彿迎來了美好的新生活，夫妻感情都加深了很多！

一開門看到拖著行李的許摘星，許母頓時說：「妳怎麼又回來了？」

話是這麼說，但眼裡還是高興的，接過行李吩咐保姆：「把我朋友送的那根匈牙利火腿做了，給摘星嚐嚐。」

許摘星換了鞋，大剌剌往沙發一歪，遊戲才玩了不到五分鐘，就被她媽一巴掌拍在後腦勺：「多大的人了！坐沒坐相，給我坐好！」

許摘星：「……」

傍晚許父回家，看到女兒回來了，喜滋滋地揉一把她的腦袋。許摘星一看到他就說：「爸你怎麼又胖了！」

許父這兩年產業越做越大，肚子也越來越大，當年的帥氣已經遍尋不到，變成了油膩的中年大叔！

許摘星痛心地說：「等一下吃飯你不准吃肉了！控制一下！三高不是鬧著玩的！」

許父嘿嘿笑。

吃到一半，趁著許摘星去廚房拿碗的空隙，許父突然朝許母使了個眼神。許母秒懂，朝他點點頭，等許摘星回到飯桌，許父就說：「摘星啊，明天跟爸爸去吃個飯吧。」

許摘星：「不去，你們老是喝酒，一群中年大叔又吵又鬧，我不去。」

許父說：「哎呀，就是因為要喝酒才叫妳嘛。妳陪我去，他們就不敢勸我酒了，妳在叔叔們心中可是很有威嚴的。」

許摘星半信半疑：「真的？我去了你就不喝酒？」

許父拍胸脯：「當然！」

許摘星這才應了：「好吧。」

於是第二天，還在床上睡懶覺的許摘星就被她爹拖了起來，「都十點了！還睡呢，趕緊起來洗個頭化個妝！」

許摘星昨晚熬夜玩遊戲，眼睛都睜不開：「洗什麼頭化什麼妝啊，不就是跟陳叔叔他們吃個飯，我再睡一下。」

許父不幹：「不行！妳不要面子我還要呢！妳爹天天跟那群朋友吹噓我女兒有多漂亮，妳就這個樣子去啊？快去化妝，打扮漂亮點！」

許摘星不情不願地爬起來了。

洗了個頭，化了個淡妝，在她爹的強烈要求下換上一件連衣裙。許父上下打量，滿意點頭：「不錯，漂亮！出發！」

許摘星覺得她爹今天怪怪的。

一直到進了酒店包廂，看見裡面一個陌生叔叔帶著一個陌生的年輕男子坐在飯桌前，她才終於知道哪裡怪了。

原來是騙她來相親？

許摘星氣得七竅生煙，轉頭朝她爹扔了一個眼刀，許父假裝沒看見，走過去跟人握手：「老關啊，好久不見，這就是令郎吧？」

「對對，這是我兒子，關清風，清風啊，這是許叔叔。」

「好好好，清風好，長得真帥。那個，摘星啊，來，爸爸跟妳介紹一下。這是關氏集團的總裁，關叔叔。這是關叔叔的兒子。」

「這就是摘星啊，哎喲真漂亮，老許，你說你這平凡無奇的樣子，是怎麼生出這麼漂亮的女兒的？」

「哈哈哈你別看我現在胖，年輕的時候那也是迷倒一片芳心的。」

許摘星：「……關叔叔好。」

來都來了，總不可能甩臉色離開，許摘星忍住滿肚子的氣，露出自然淡定的笑，在旁邊落座。

席間兩個年輕人沒怎麼說話，倒是許父跟關總聊得開心。許摘星一直默默吃飯，偶爾能感受到對面年輕男生打量的視線。

她不抬頭，避免一切視線接觸，關總不 cue 她她也不說話，看起來非常文雅內斂。

吃完飯，許父瞟了女兒的臉色一眼，提議說：「摘星啊，妳下午要不要跟清風出去逛一逛，看看電影什麼的？」

許摘星：「我下午還有個策劃案要看，公司那邊急著審批。」她抱歉一笑：「不好意思啊。」

關清風也笑笑：「沒關係。」

關總說：「理解理解，摘星年輕有為，真是個優秀的孩子。那你們加個聊天好友吧？現在年輕人都喜歡用手機聊天。」

許摘星慢吞吞掏出手機。

加完好友，兩家就分開走了，許摘星故意在後面喝水拖延，等人走遠了，頓時忍不住朝許父發脾氣：「爸你怎麼這樣啊！你就不能提前問問我的意見嗎？」

許父說：「提前跟妳說了妳能答應？哎呀只是個飯局嘛，又沒有讓妳立刻跟他交往，妳見見面看看滿不滿意，再聊一聊，慢慢來嘛。」

許摘星語氣不善：「不滿意！不想聊！以後你再這樣我就不回來了！」

許父不滿道：「妳怎麼這麼說，還威脅妳爸呢？我不是都是為妳好嗎？妳現在也二十二歲了，也到了可以談戀愛的年紀，我們不幫妳看著點，那等再過幾年，好的青年才俊都被挑完了，妳撿剩下的？」

父母跟子女的婚姻觀念永遠無法同步。

許摘星知道跟她爹這種老古板是說不通的，也不想跟他吵，平靜地說：「我暫時沒有談戀愛的想法，你不要再這樣了。」

見女兒一臉平靜，許父反而有點慌了：「又沒讓妳現在談！只是先接觸嘛！妳要是不滿意就算了，爸爸再幫妳找找。」

許摘星：「你還找？不准找！我不會談的！」

許父：「又沒讓妳現在談！妳這死丫頭怎麼說不聽呢！」

許摘星：「以後也不談！」

許父：「難道妳要一輩子不談戀愛不結婚嗎？妳要把我跟妳媽氣死嗎！」

許摘星被她爹氣跑了。

下午沒回家，找了個露天公園坐著，看一群老太太、老爺爺打太極。最後實在忍不住，打電話跟趙津津吐槽。

趙津津這時候還在劇組，聽她吐槽完在那頭笑瘋了：『然後妳就跑了？妳不擔心把妳爸氣死啊？』

許摘星：「妳擔心他之前，最好先擔心我會不會先被氣死！」

趙津津趕緊安慰：『哎呀，父母都這樣嘛，在他們心中談戀愛結婚是人生必經的階段，缺一不可。這種婚戀觀持續了上千年，一時間改不過來，也沒辦法。』

許摘星氣呼呼不說話。

趙津津又說：『那妳是真的不想談戀愛，還是不想跟別人談戀愛啊？』

許摘星一愣：「什麼意思啊？」

趙津津：『哦，也沒什麼意思，就是看妳挺喜歡岑風的。如果是跟岑風談戀愛，妳願意嗎？』

許摘星差點跳起來：「妳不要胡說！妳想讓我被雷劈嗎！」

趙津津：？

她笑瘋了，『我只是隨口一問，妳為什麼那麼激動。願意就是願意，不願意就是不願意，被雷劈是什麼鬼。』

許摘星：「褻瀆仙子是要被雷劈的！」

趙津津：『我覺得能褻瀆到仙子，劈一劈也沒什麼的。』

許摘星：「……」

那頭傳來喇叭的聲音，趙津津說：『我準備上戲了，不跟妳說了。別氣了啊，不開心就去吃個霜淇淋。』

掛斷電話，許摘星悵然若失地往後一靠，對面打完太極的老太太們已經跳起了交際舞。

腦子裡開始迴盪趙津津剛才的話。

如果跟岑風談戀愛，妳願意嗎？

妳願意嗎？

願意嗎？

意嗎？

嗎？

嗚，真的要瘋了。

許摘星一直在外面待到晚上才回家。許父許母坐在客廳看電視，看到她回來，默默對視一眼，彼此使了個眼色。

他們知道今天的行為讓女兒生氣了，心裡其實有點心虛，一見她回來，許母趕緊問：「回來啦，吃飯沒？」

許摘星無精打采的：「吃過了，我回房了。」

中午的事她也不怎麼生氣了，畢竟從父母的角度出發，無法苛責什麼，現在更讓她焦心的，是趙津津那句話。

她思來想去一下午，最後居然得出了她還真的願意的結論！前不久偷親愛豆，身體犯了錯。現在想跟愛豆談戀愛，思想犯了錯。她這個人裡裡外外徹底髒了啊！

難受，現在真的很難受。

飽受道德和良心的譴責，又像偷吃禁果一樣刺激。

見女兒慨慨的，許母也不好再說什麼，等她上樓了，毫不客氣地踹了許父一腳：「我就說先跟她商量，你不聽！看看摘星氣成什麼樣了！」

許父撇了下嘴，自知理虧，默默打開手機，聯絡祕書，讓他去買兩個最新款的ＬＶ包包。

許摘星並不知道自己的衣帽間又添了兩個包包，洗漱完就躺在床上玩遊戲。自從上次岑風帶著她過了第二關後，她又卡在第三關。

一關比一關更難，她的技術卻完全沒有進步。

想要追上愛豆進度的夢想看來是實現不了了。

玩了沒多久，手機一震，收到一則訊息，是相親對象傳來的。

『妳好，我是關清風。』

還附帶了一個小貓乖巧笑的貼圖。

許摘星：幼稚。

她拖了好半天才回訊息。

『你好，知道。』

『還沒睡嗎？在做什麼？』

『玩遊戲。』

『妳喜歡玩遊戲？看不出來嘛，妳平時還喜歡做什麼？』

『追星。』

『呃……』

『不好意思，我直接跟你說了吧，我目前沒有戀愛的打算，所以抱歉。』

『哈哈哈，沒關係啊，做朋友也可以。』

『我沒有時間交朋友。』

『妳這麼忙啊？忙工作嗎？』

『忙著追星。』

『……』

對話就此中斷。

許摘星鬆了口氣，接連打了好幾局遊戲才消退了剛才聊天的尷尬感。

她早上沒睡好，躺著躺著瞌睡來了，剛把手機放一旁關了燈準備睡覺，訊息又是一震。

她半睜著眼瞟了一眼，打算無關緊要的就暫時不回了，結果只看了一眼，立刻拿起手機從床上翻坐起來。

岑風：『睡了沒？』

許摘星半點瞌睡都沒了，捧著手機笑彎了眼。

『沒有，哥哥你忙完啦？』

『嗯，剛到家。明天有時間嗎？洪老師給了我一隻燻雞，我不會做，拿過來給妳。』

『QAQ嗚嗚嗚我在S市。』

『那等妳回來。』

『嗯嗯，哥哥你記得燻雞要放冰箱的急凍室裡，外面裹一層保鮮膜。』

『好。』

『哥哥最近有好好吃飯嗎（開心）。』

『有。』

『真棒（大拇指）。』

愛豆回了一個小貓捧臉的貼圖。

許摘星：啊啊啊啊啊啊啊啊啊啊他好可愛！

人的本質就是雙標狗。

不想打擾愛豆休息，許摘星沒有纏著多聊，很快跟岑風互道晚安，乖乖躺回被窩，閉上眼時心裡面甜甜的，嘴角都是笑。

今晚一定可以做個甜甜的美夢。

✦

她在S市休假，岑風那頭的專輯也終於有了很大的進展。十一首歌的編曲風格都定下來了，其中七首歌是他自己寫的，有三首歌是洪霜寫的，還有一首是在工作室收到的作曲人投稿中挑選的。

兩個人沒日沒夜忙了這麼久，洪霜送了隻燻雞給岑風，讓他回去休息幾天，暫時別來了，讓他安靜地思考一下作詞的事。

洪霜不僅作曲編曲厲害，作詞也厲害，岑風不怎麼寫詞，便安心地交給他，提著燻雞回家了。

按照許摘星的交代，幫燻雞裹上一層保鮮膜，放進急凍室裡。

這段時間投身專輯，他其實也挺累的，本來打算在家好好休息兩天，結果第二天一早就收到聞行的電話。

當年錄《少年偶像》的時候因為排名第一，獲得了參加一期《來我家做客吧》的資格，從而結識了聞行。他出道時聞行還專門打來電話祝賀，之後在各方面都對他多有提點。

聞行在圈內這麼多年，演過戲拿過獎當過導演，說不上德高望重，但也是舉足輕重了。人脈和資源都不錯，岑風能走這麼順，除了辰星的支持外，也有聞行的幫忙。

聞行很喜歡這個小輩，圈內多浮躁，岑風這種沉穩的心性是很少見的。而且可能是當了爸爸後父愛作祟，他總覺得岑風這孩子吃了不少苦，特別是後來在網路上看到他是孤兒的爆料，哎喲，把他心疼到不行。

一來二去，關係就親近起來了。

岑風除了ＩＤ團，在圈內也沒什麼朋友，聞行對他好，他也將聞行當做長輩來看待。

聞小可也很喜歡他，因為他做了好多個機器人給聞小可，聞小可喊「岑風哥哥」比喊爸爸還香。

聽到聽筒裡略帶沙啞的嗓音，聞行笑道：『還在睡呢？』

岑風從床上坐起來，按了按鼻樑：「今天沒什麼事，多睡了一下。」

聞行說：『那正好，還擔心你今天忙呢，下午陪我去看場話劇唄。老同學執導的，給了兩張票，去捧個場。』

岑風沒拒絕：「好，我順便把給小可的機器人拿過去。」

聞行笑道：『你怎麼又做給他，家裡都放不下了，他破壞力強得很，摔壞好幾個了。』

那頭傳來聞小可的聲音：『我要機器人我要機器人！我要新的機器人！』

聞行哄了兩句才又對著電話說：『一起過來吃午飯吧。』

岑風應了，掛斷電話後去沖了個澡，換好衣服拎著一公尺高的機器人開車出門。

車子開到半路，扔在旁邊的手機連續震了好幾下，是幾則訊息接連傳過來，岑風開著車沒辦法看，也就沒管。過了一陣子，電話直接響了。

他連了藍牙，接通之後還沒說話，就傳出周明昱的咆哮聲：『風哥你看到我傳給你的訊息了嗎？』

岑風說：「沒有，在開車。」

周明昱繼續咆哮：『你還開什麼車！摘星都去跟別人相親了！』

岑風：？

他打了轉彎燈，把車停到路邊，拿起手機滑開訊息。

周明昱傳來幾張截圖。

是一個群組，名字叫「是兄弟就一起開黑」，有個叫清風徐來的人在群組裡傳了兩張截圖，然後說：『哥們人生第一次滑鐵盧，你們說我要不要再接再厲？』

另一個人說：『我靠這女的是誰啊？語氣這麼冷淡，是我早就拉黑了。』

清風徐來：『唉，架不住人長得漂亮，我外貌協會啊。』

『有那麼好看？怎麼認識的？有照片嗎？』

『相親。滾滾滾，我未來的女朋友，你看個屁。』

岑風點開他傳的那兩張截圖。

雖然ＩＤ被打了馬賽克，但大頭照能看出來是許摘星。

語氣是挺冷淡的。

和平時跟他聊天的風格完全不一樣。

周明昱在電話裡狂躁：『這群組裡都是我老家那群富二代，傳截圖的那個人叫關清風，他們家是做酒店的，關氏集團你聽過嗎？靠這都不是重點，重點是許摘星怎麼可以跑去跟別的男人相親啊！』

岑風退出訊息，淡聲道：「她的事，跟你有什麼關係？」

周明昱咆哮道：『怎麼跟我沒關係？那個關清風沒我家有錢！長得沒我帥！憑什麼跟她相親？輸給你我樂意，輸給別人我就是不服氣！』

岑風：「……」

周明昱還氣呼呼的，岑風說：「好了，這件事不要讓她知道。」

周明昱：『那你打算怎麼做啊？』

岑風：「我打算把你拉黑。」

周明昱：『……嚶。』

掛了電話，岑風在駕駛座上坐了一陣子，又點開剛才那張截圖。

他已經習慣跟這個大頭照聊天時，賣萌撒嬌像小太陽一樣的風格。突見截圖上冷冰冰的語氣，還有些不適應。

看著那句沒有溫度的「忙著追星」，想像她當時的表情。

還怪可愛的。

岑風忍不住笑了一下，最後刪掉聊天記錄。

他沒有打電話給她質問什麼，雖然他知道自己一個電話就能立刻把她從S市叫回來，但她的生活不該被任何人插手。

岑風重新發動車子。

到聞行家的時候，聞小可大老遠就來接他，抱著新機器人愛不釋手。

吃過午飯，陪聞小可玩了一下，幫他把之前摔壞的機器人修一修，然後跟著聞行出發去劇院了。

今日是話劇的首場演出。

聞行畢業於中央戲劇學院，同班同學中依舊活躍在影視圈的並不多，有些轉行，有些轉幕後，有些還在十八線掙扎，也有像姜松明這樣轉做話劇的。

姜松明居然認識岑風，一到後臺先跟聞行擁抱一下，然後笑道：「謔，還帶了個這麼紅的小朋友來，等一下觀眾席可要熱鬧了。」

岑風把在路上買的花遞過去：「姜老師，祝你演出順利。」

後臺吵吵嚷嚷的，帶妝的演員們穿梭其中，為等一下上臺做準備，每個人的臉上都充斥著既期待又緊張的興奮感。

岑風對這種氣氛還挺熟悉。

雖然一個是上臺演戲，一個是上臺跳舞，但都是舞臺演出，心態都差不多。

有個穿民國學生裙的女孩梳著兩個小辮子，在角落緊張得抹眼淚，旁邊穿旗袍的女人正在安慰她。

聞行和姜松明聊了一下，快開場的時候，才帶著岑風坐到觀眾席。

他坐下之後就把帽子取下，但以免引起注意還是戴著口罩。他們的位子在第一排，舞臺每個角落都能清晰入目。

這是岑風第一次看話劇。

當國破家亡、生離死別在眼前上演，能看見演員臉上生動的表情，被他們豐富的眼神和臺詞吸引，讓人有種身臨其境的感覺。

換場的時候，聞行趴在他耳邊說：「看你看得挺認真的，怎麼樣？喜歡嗎？」

岑風點頭：「很奇妙。」

聞行笑了下：「我最近也在籌畫一部話劇，剛拿到版權。」

岑風偏頭看過來。

聞行問：「看過《飛越杜鵑窩》嗎？」

岑風說：「只看過電影。」

聞行朝他挑了下眉：「怎麼樣？有沒有興趣？」

岑風愣了一下。

反應過來他沒開玩笑，才笑著搖了下頭：「我不行，我連演戲都不會。」

聞行的說法和吳志雲一樣：「你都沒試過怎麼知道自己不會？」

他頓了頓又說，「你要是感興趣，劇本裡有個角色，我覺得很適合你。」

岑風沉默了一下。

直到第三幕快開場時，才朝聞行笑了笑：「好，我試試。」

第十二章　飛越杜鵑窩

話劇一共表演了三個小時。

散場的時候，岑風雖然戴著帽子，還是被路人發現了，偷偷拍了幾張照，被傳到社群上。風箏們很快就知道愛豆跟著聞行老師去看話劇了。

岑風跟聞行平時的工作領域是分開的，很少有合作，粉絲不知道他跟聞行私底下關係好，看到照片都有些驚訝。

愛豆這是什麼神奇的朋友關係？

也有行銷號分享了路透照，開始看圖編故事，爆料岑風即將進入影視圈，要跟聞行合作，出演他下部電影的男主角。

有些黑粉趁機跳出來嘲諷，一個歌手不好好搞自己的音樂，跑去影視圈湊什麼熱鬧？別用不專業的演技辣觀眾的眼睛了。

風箏：哦，現在承認我哥是歌手了？前不久你們還說愛豆沒資格被稱作歌手呢。非官宣不約！

在車上的時候，吳志雲的電話就打了過來，岑風在開車，按了擴音，聽到他問：『你跟聞老師去看話劇了？』

岑風「嗯」了一聲。

吳志雲：『你要演聞老師下部電影的男主角？』

岑風：？

坐在副駕駛座的聞行頓時哈哈大笑道：「我怎麼不知道我有電影要拍？」

吳志雲不知道他還跟聞行在一起，怪尷尬的，笑了兩聲打了個招呼，沒說兩句就掛了電話，開始處理網路上的造謠爆料。

正是下班高峰期，路上塞得水泄不通，車子一點點往前挪行，聞行趁機把《飛越杜鵑窩》的劇本跟岑風講了一下。

原電影是一部講述追求精神自由人格自由的故事，然而整個影片除了中期讓人短暫的感到輕鬆自由外，後期全處於壓抑的狀態。

到最後連主角都死了。

岑風看這部電影已經是上一世的事情，到現在只記得大概的劇情。話劇的劇情跟電影沒有太大差別，但在表現形式上做了相對應的改變。

聞行講完劇本後，看著岑風說：「我想讓你試的角色是比利。」

岑風放在方向盤上的手指輕輕顫了一下。

過了一下子，他才慢慢開口：「那個最後割腕自殺的人嗎？」

聞行說：「對。」

車子停在紅綠燈前。

岑風看著前方，瞳孔卻沒有聚焦，眼前花成一片雪花似的白。直到綠燈亮起，身後的車子按了好幾聲喇叭，他才重新回過神，繼續往前開。

聞行有點遲疑地看著他：「怎麼了？不喜歡？」

岑風搖了下頭：「沒有，我在回想比利的劇情。」

聞行笑道：「這個不急，等一下回去我把劇本給你，你先回去熟悉一下，過幾天到我那試戲。」

岑風點頭應了。

聞行往後靠了靠，心裡有些高興。

其實他一開始並沒有想過找岑風加入他的話劇，是直到話劇劇本改編完成，他翻看本子時，看到比利這個角色的設定，腦子裡突然蹦出岑風的樣子。

其實他們並不像。

比利懦弱，口吃，活得戰戰兢兢，最後終於鼓起勇氣想要反抗時，卻妥協於現實的威脅，痛苦地了結了性命。

而岑風沉穩，強大，好像沒有什麼事能擊敗他。

可就是這樣，對比越鮮明，反差越大，他越覺得岑風可以去挑戰這個角色。不知道為什麼，他在岑風身上，好像也能感覺到比利的那種痛苦的掙扎和反抗。

後來岑風越來越紅，已經是娛樂圈的頂流，讓正當紅的頂流跑來演一個沒有關注度沒有人氣沒有流量的話劇，他擔心對方不答應，甚至準備很多說服他的話。

沒想到岑風輕而易舉的同意了。

圈內人競相追逐的名氣流量，他並不在乎。

聞行還自己在那美著，突然聽到岑風問：「聞老師，之前我讓你幫我打聽的關於資助孤兒院建學校的事，有消息了嗎？」

聞行回過神，稍稍坐直身子：「問是問了，但是對方還沒有答覆。因為你是指定捐建小學給孤兒院的孩子，指標性太明確，需要走的流程有點多。」

岑風點了點頭。

聞行一臉感慨地看著他，心裡想，如果在孤兒院長大的孩子都像他一樣有能力後回饋社會，那些被拋棄的孤兒的生長環境，應該會比現在好很多吧。

在路上塞了兩個多小時，岑風才把聞行送回家，沒有留下來吃晚飯，拿著聞行交給他的劇本，告別離開了。

之後兩天，岑風沒怎麼出過門了，都在家研讀劇本。

沒有人教過他該怎麼演戲。

他像一張白紙，雖然空白，卻也最好塑造。

吳志雲拿著三個電視劇的劇本上門的時候，岑風正在對著鏡子練習臺詞，一進來看到他在那自言自語，而後一聽居然是在背臺詞，都驚呆了。

驚完之後特別開心地一拍岑風的肩：「可以啊！都練上了！」

尤桃泡了兩杯咖啡過來，等岑風換好衣服下樓，吳志雲已經把三個劇本攤在桌子上，非常興奮地朝他擠眼：「看看吳哥幫你挑的劇本，全是大製作，名導名編，熱門題材。」

岑風在對面坐下，吳志雲指著第一個劇本說：「古裝權謀劇，大ＩＰ。」

又指著第二劇本：「探案懸疑劇，時下熱門，劇本非常燒腦，堪稱國內版福爾摩斯。絕對紅。」

最後指著第三個：「現代醫療劇，國民度高，好上電視，角色完美。三個劇本，你隨便挑，全是男主角。」

他暢快地說完，剛舒舒服服地端起咖啡喝了一口，就聽見岑風平靜地說：「我要去演話劇了。」

吳志雲噗一聲，把咖啡全噴在三個劇本上。

尤桃在旁邊手忙腳亂遞衛生紙擦水，吳志雲驚恐地看著對面波瀾不驚的岑風，眼珠子都快瞪出來了，瞪了半天不可思議地問了句：「你是不是瘋了！」

岑風居然還笑：「你覺得呢？」

吳志雲覺得自己要被他氣死了，捂著心口半天沒上來氣，小指尖指著他顫啊顫啊，半天憋出一句：「你真的瘋了。」

岑風也不說話，看他在那裡又是捂胸口又是跺腳又是長吁短嘆的，等他終於冷靜下來，才繼續道：「相比於直接在鏡頭下演戲，舞臺劇可能更適合我。都是舞臺，都有觀眾，都是表演，我會適應得更快。」

吳志雲痛心疾首：「那你就要失去人氣流量曝光度！」

岑風點頭：「我知道。但有得必有失，總要選擇的。」

吳志雲嘆氣：「我只能說你做了一個錯誤的選擇。」

岑風笑了笑：「那可未必。」

以前岑風是辰星簽約藝人的時候，吳志雲都無法強制決定他的行程規劃，更別說現在岑風還是他老闆。

他都這麼說了，肯定不是在開玩笑，吳志雲只感覺自己的心涼涼的，看著被咖啡噴濕的劇本，還在做垂死掙扎。

「拍戲跟話劇也不衝突嘛，你要不……」

話還沒說完就被岑風打斷了：「不用了，話劇排練時間很緊，沒時間進組的，以後再說吧。」

吳志雲絕望了。

唉聲嘆氣半天，把劇本收起來，在心裡安慰自己：話劇就話劇吧，就當磨練演技了，雖然影視圈沒戲，但還有音樂嘛，商演音樂節晚會什麼的，曝光度也夠了。就當巔峰計畫推遲了一年，反正他還年輕！

他在心裡把自己說通了，但面上還是一副垂頭喪氣的模樣。哀怨地看看岑風，嘆氣，嘆一聲氣，又哀怨地看看岑風。

岑風：「……」

看到岑風逐漸愧疚的目光，吳志雲奸計得逞，這才戚戚然開口：「那綜藝總要接一、兩個吧？你總要露面吧？」

岑風這下子不好拒絕了：「好，你安排就是。」

吳志雲在心裡幫自己點了個讚，爽快地將劇本計畫丟到一旁，把接下來的行程表遞給他：「十二月的頒獎典禮是重點，《It's Me》應該會拿獎，他們還邀請你當表演嘉賓。下週要去巴黎拍個雜誌封面，月底在S市有個商演，兩首歌。下個月藍海音樂節，海邊露天場。月中要拍旅遊地圖的代言了，到時候還要錄一些語音導覽。」

岑風一一點頭，在有關音樂的行程上，他一向很認真。

吳志雲翻了翻日曆：「專輯你是打算年初上是吧？」

岑風說：「對，過年前後。」

「那就是二月份了。」吳志雲把日子圈起來，看了看行程備忘錄，「好，我會把行程重新調一下，把你排練話劇的時間空出來。」

岑風點點頭：「辛苦了。」

吳志雲故意板著臉：「你多聽聽我的話我就不辛苦。」

他抱歉地笑了笑。

一離開別墅吳志雲就打電話給大小姐，他覺得像大小姐這種事業粉，應該也是支持自己的，痛心疾首道：「他居然要去拍話劇！這不是在把自己的事業往絕路上推嗎？哪個流量會做這種事？真是仗著自己人氣高，就不把人氣當回事啊！」

那頭傳來大小姐驚喜的聲音：『什麼？他要去演話劇了？好棒啊！』

吳志雲：？

許摘星：『不僅可以看到在舞臺上唱歌跳舞的哥哥，還可以看到在舞臺上演戲的哥哥了！』

吳志雲：「……大小姐妳可長點心吧！妳知道娛樂圈現在更新換代有多快嗎？妳知道另

外幾家公司都在模仿少偶籌備新的選秀比賽嗎？少偶第二季也快上了，到時候會有多少像他這樣的愛豆出現在觀眾視野。他不趁著有熱度多拍點劇接點綜藝增加曝光度，跑去拍跟神隱沒區別的話劇，妳知道損失有多大嗎！」

他說得一針見血，電話那頭沉默了一下。

吳志雲還以為自己把大小姐說動了，正打算讓她去勸勸岑風，結果聽到聽筒裡若無其事的笑聲：『那又怎麼樣，我只希望他做他喜歡的事。』

吳志雲氣到失去理智：「妳這個腦殘粉！」

許摘星笑了半天：『哎呀吳叔，你別這麼悲觀嘛。這世上只有一個岑風，不是所有人都可以出道即頂流的，相信他。』

最後一條路也斷絕了，吳志雲終於澈底死心，認命地去調整行程。

✦

因為下週要出國，走之前岑風想把話劇的事定下來，行就演，不行就算了，於是沒過兩天，劇本一研究完，他就去找聞行試戲了。

這是他第一次接觸演戲，這個領域對他而言是完全陌生的，他根本沒有任何技巧可言，也不知道最終呈現的結果會如何。

聞行讓保姆帶著兩個小孩出去玩，家裡只剩下他們兩個人。他在寬敞的書房裡架起了VCR，簡單地跟岑風介紹一下鏡頭和機位，又跟他講了講劇情，找了找人物感覺。

岑風臉上一派平靜，看起來一點也不緊張，不過聞行還是拍拍他的肩，笑著安慰：「很簡單，遵從你的直覺和本能。這是你的首戲，表演得好與壞都不能成為對你演技的評判。」

他把黑色的毛線帽戴在頭上，那是男主角麥克的標誌：「我陪你對戲，不管過程如何，不管你覺得有沒有表現好，不表演完這一段，都不要停下來。」

岑風點點頭。

聞行走過去按開VCR。

他閉上眼，輕輕地吸了一口氣。

再睜眼時，眼底一貫的平靜和冷漠消失了，轉而露出踟躕又羡慕的目光。

他的眼睛微微睜大，眼角有些泛紅，似乎想說什麼，嘴唇動了動，卻又一個字都說不出來，一臉可望而不可即的自卑神情。

聞行疑惑地朝他走過來：「比利，你怎麼了？」

岑風像被他的舉動嚇到，轉身往後走，低著頭躲避聞行的目光和接近，他滿身遲疑，來回幾個圈，喘氣長短不一，好半天才結結巴巴地開口：「我……我……會很……想你的，麥克。」

聞行看著他：「那為什麼不跟我們一起走？」

他一瞬間有些激動，但因為口吃，聲音半天發不出來，耳朵都憋紅了，才說：「你……你以為我……我不想嗎？」

聞行滿臉愉悅，拉著他往外走：「那跟我走吧，我們一起走。」

岑風反拉住他的手腕頓在原地，急切地反對：「不不不……不是……沒那麼容易的……」

聞行不解地看著他，他自卑地低了下頭，緩緩呼出一口氣：「我……我還沒……還沒準備好。」

說出這樣的話，可眼底分明是有期盼的。

聞行看著他，雙手搭在他肩上拍了拍，像寬慰孩子一樣：「這樣吧比利。等我到了我之前說的那個山清水秀的地方，就寫信給你，上面會附地址。等你準備好了，就到那裡來找我，怎麼樣？」

岑風臉上和眼底溢出笑意。

那笑意帶著絲青澀和害羞，他不好意思地偏了下頭，朝門口的位置看了一眼，滿臉都是期待：「她……她……那她……會跟你……一起去嗎？」

聞行：「你說凱蒂？」

他的笑容羞澀又開心，點了下頭。

聞行說：「會，她跟我一起去，等你來了就能見到她。」

他繼續問：「那你……那你會和她……結婚嗎？」

聞行意識到什麼，後退搖頭：「不會，我們只是朋友。」他笑著問：「怎麼了？」

岑風想說什麼，又吞了回去，低下頭左顧右盼，「沒……沒什麼。」

試戲片段到此結束。

岑風臉上屬於比利的自卑和羞澀消失了，恢復往日的模樣，他抬起頭問聞行：「怎麼樣？」

聞行還保持著之前的姿勢站在原地，連VCR都沒去關，好半天一拍腦門，像終於反應過來似，跑回去把錄影關了，看著他不可思議地問：「你真的沒有偷偷學過表演嗎？」

岑風笑了下：「沒有。」

聞行感慨地嘆氣：「天賦型演員啊，多少年難遇一個，你不去演戲真的太可惜了。」

岑風有點驚訝地挑了下眉。

這是他第一次嘗試演戲，本來以為會很曲折，但演的時候自己覺得不怎麼費力，還以為太浮於表面，沒想到居然會得到聞行的認可。

聞行看他驚訝的神情笑了笑，問：「你自己覺得怎麼樣？」

岑風回憶一下剛才的感覺，也笑起來：「我覺得挺好玩的。」

聞行走過來重重拍了拍他的肩：「感興趣比什麼都重要，我沒有看錯人，歡迎你的加入。」

兩人沒什麼意外直接簽了合約。

目前劇組還沒組建完，試拍階段在十一月份，正式排練是從十二月開始，好在岑風目前十二月的行程只有一個頒獎典禮和跨年晚會，對排練應該沒什麼影響。

跟聞行確定好時間後，岑風就離開了。

吳志雲知道他今天要去試戲，想想聞行在圈內對演技高標準的要求，還抱著岑風試戲不通過不能演話劇的希望，看著時間打電話給他。

『試戲結果怎麼樣？』

岑風聽出他的意思，有點好笑：「通過了。」

吳志雲咬牙切齒：『唉！真是祝賀你了。』

岑風：「謝謝。」

掛了沒多久，又收到許摘星的電話，一接通就聽她高興地說：『哥哥，吳叔叔說你話劇試戲通過啦！』

這才是真心為他祝賀的。

岑風聲音裡都是笑：「嗯，謝謝妳的祝賀。」

許摘星有一肚子的話想誇。

愛豆怎麼這麼厲害，非科班不會演戲居然一次就通過了話劇試戲！到底是什麼神仙！怎麼樣樣都能做好！

不過最後還是忍住了，轉而問道：『哥哥，是什麼話劇呀？』

岑風說：「《飛越杜鵑窩》，知道嗎？」

許摘星有點興奮：『知道！我看過電影！哥哥你演誰？』

岑風笑著說：「比利。」

『啊？』許摘星回憶了一下，『那跟你的性格反差很大啊，他……』

她的聲音突然頓住了。

岑風看了手機一眼，還以為沒訊號。

他試著問：「喂？還能聽到嗎？」

隔了幾秒，才聽到有些急促的呼吸聲，許摘星的聲音不知為何比剛才沉了一些：『聽到了。哥哥，比利那個角色……我記得，他最後是不是自殺了啊？』

岑風說：「對，割腕自殺。」

那頭勉強笑了一下：『這樣啊……』

她頓了頓，小聲又緩慢地說：『哥哥，好不吉利哦。』

像撒嬌一樣。

岑風笑起來：「只是演戲而已，沒關係的。」

許摘星悶悶的：『有很多演員演了一些不好的角色後都會被影響。』

岑風有些心疼。

每次女孩為他擔心時，他都會心疼。

他把車靠到路邊，拿起手機換成聽筒模式，放到耳邊，聲音低又溫柔：「不會的，相信我，嗯？」

許摘星低低應了一聲。

他又笑著問：「什麼時候回來？燻雞再放下去就不能吃了。」

她的聲音才終於恢復一些力氣：『明天就回來啦，明早的飛機。』

岑風說：「航班傳給我，我去接妳。」

許摘星連連拒絕：『不用不用，我讓公司……我自己搭車就可以！』

我靠好險差點說漏嘴。

好在愛豆不在意，只是說：「後天我要飛巴黎了，明天沒什麼事，帶上燻雞一起去接妳。」

許摘星沒抵擋住對愛豆的瘋狂思念，乖乖答應了。

掛完電話，把航班資訊傳給他。

岑風回給她一個秋田犬摸頭的貼圖，配字寫著「要乖」。

這是自己沒有的貼圖！而且超萌！

啊啊啊啊愛豆在外面有狗了！

許摘星不動聲色打探情況：『哥哥，這是在哪偷的貼圖？』

岑風很快回復：『ＩＤ群組裡。』

許摘星：『……』

一群大老爺們的群組用這麼萌的貼圖真的沒問題嗎？

岑風又問：『喜歡嗎？』

『喜歡！』

然後接連收到十幾個同款秋田犬貼圖。

『都給妳。』

許摘星：啊，我被萌死了，他是吃可愛長大的嗎！

於是她也把自己最近這段時間新偷的貼圖、梗圖都傳給愛豆。

兩個幼稚的人開始一言不發互傳梗圖。

岑風很少聊天，當然比不過許摘星這個騷話達人，很快存貨就沒了，但許摘星那邊還在繼續傳。

於是，「ＩＤ天團全球最帥不接受反駁」的群組裡：

岑風：『@全體成員，你們所有可愛的貼圖、梗圖，傳上來。』

施小燃：『？』

oh 井：『？』

大應：『？』

何斯年：『（圖片）、（圖片）、（圖片）、（圖片）、（圖片）、（圖片）。』

三伏天：『隊長受什麼刺激了？』

蠟筆小新：『隊長，只要可愛的嗎？黃圖要嗎？』

群組公告：孟新已被群主移出聊天群組。

岑風在ＩＤ群組裡收集圖的時候，許摘星的手機一震，收到另一則訊息。

清風徐來：『聽說妳明天就要去Ｂ市了？今天要不要出來吃個飯？』

這幾天這個關清風每天堅持不懈地傳訊息給她，儘管她的態度很堅決很冷淡，對方還是以交個朋友為藉口不肯放棄。

許父跟關父有生意上的往來，許摘星也不好直接拉黑，每次只能耐著性子一遍遍拒絕。

現在他居然連自己明天要走都知道，一想到老爹又把自己出賣了，許摘星真是快氣死了。

此時愛豆的訊息也過來了，又傳了幾張圖給她，最後一張是小貓舔盤子，配字：「我請你吃東西呀」。

許摘星急著跟愛豆聊天，懶得再跟他客氣，直接一梗圖甩過去：「吃屎吧你」。

岑風：？

許摘星：？？？

我靠靠靠靠靠靠傳錯人了！

我要殺了關清風。

第十三章　妳們的心意

關清風沒能等到許摘星的回覆，等他再試探著傳了一個打招呼的貼圖過去時，就發現自己已經被拉黑了。

關清風：「……」

他截了張圖，同樣馬賽克掉ＩＤ，傳到當地富二代群組裡。

清風徐來：『我澈底失敗了，靠！（圖片）。』

喜歡逗鳥：『哇，這女的真絕情，兄弟，天涯何處無芳草，我看還是算了吧。』

雲：『這女的是誰啊？也太不給我們關哥面子了。』

清風徐來：『長得漂亮又有錢的妹子太難泡了。』

快樂就好：『要我說，你就該先上車後補票，生米煮成熟飯，看她從不從。』

清風徐來：『滾滾滾，老子是那種人嗎？要人家心甘情願才算真本事。』

周明昱：『@快樂就好，你他媽嘴這麼臭是吃屎了嗎？你媽生你的時候是羊水進了你的腦子才這麼蠢？你再給老子多說一句話試試看？』

周明昱：『@清風徐來，不討人喜歡的垃圾就該有自知之明有多遠滾多遠，還把聊天記錄傳在群組裡你他媽有沒有教養？就你這傻樣女鬼都不會喜歡你，再讓老子看見你們在群組裡說話，就等著被老子搞死吧，靠！』

清風徐來：『……』

喜歡逗鳥：『……周少，這女生你認識啊？別氣別氣，他們只是開個玩笑，』

周明昱：『開他媽的玩笑，一群孤兒。關清風你最好規矩點，再亂來我把你這些截圖傳給你父母和她父母，看你的臉還要不要。』

群組公告：快樂就好已被群主移出群組。

雲：『周少別氣了，我把人踢了，那傻子只是當地小批發商的兒子，沒什麼教養不會說話，別跟他一般見識。關哥也沒說什麼，都是朋友，算了算了。』

小六：『好久沒見到周少出現了啊，當大明星的感覺怎麼樣啊？當年我們還幫你投票呢哈哈哈。』

喜歡逗鳥：『大家都在問周少你什麼時候當膩了明星回來繼承家產。』

周明昱：『滾，不聊了，別再讓我看見剛才的話題。』

群組裡也不敢再聊之前的話題，畢竟要是真的被周明昱捅到父母那去，也不是什麼有面子的事。

只是群主私戳一下關清風：『周明昱跟你相親對象認識？』

關清風：『我他媽怎麼知道？我都被罵傻了。』

群主：『我看他那樣感覺跟女的關係不一般啊，那女的沒跟你說她有男朋友嗎？』

關清風：『沒有，她只是說她追星，等等……』

群主：『欸，這不就合上了嗎，周明昱不就是明星。』

關清風：『靠。』

群主：『算了，你改天找機會跟他道個歉吧，周家不好得罪的。』

關清風：『OK。』

群組裡發生的小插曲許摘星並不知道，等她手忙腳亂撤回梗圖後，連傳了十張大哭道歉的圖給愛豆。

傳完了還說：『哥哥求你忘掉剛才那一幕，把它從你的記憶裡剔除，永遠不要想起來！』

過了一下子岑風回覆：『好了，剔除了，什麼也想不起來了。』

許摘星又哭又笑。

結束跟愛豆的聊天後，氣勢洶洶打了個電話跟許父問罪，許父有點茫然：『中午飯局上關叔叔說想請妳吃飯，我跟他說妳明天就要走了，下次有機會再見，怎麼了？』

許摘星快氣死了：「我把關清風拉黑了！」

許父責備她：『妳這孩子，不喜歡就不喜歡，拉黑人家做什麼？』

許摘星：「拉都拉了！你打我啊！」

許父：『……算了算了。』

於是第二天，許摘星迫不及待拖著行李箱坐上回B市的飛機。

一想到下飛機就能見到愛豆，她興奮得都沒睡，飛機落地滑行時還拿出氣墊粉底和口紅補了補妝。

啊，她真的變了，她以前見愛豆都是素顏，現在連補妝這種事都要做了。

岑風的車停在地下室，許摘星拖著行李一路找過去的時候，遠遠就看見打著閃燈的黑色跑車。車子買回來後被他自己改裝過，動力比之前還要好，開起來也順手。

許摘星還是第一次坐愛豆自己的車，順著車牌號碼一路找過去，小心臟砰砰跳。

快走近時，駕駛座門打開，戴著帽子和口罩的高瘦少年走下來，抬頭時露出一雙眼睛，朝她笑了一下，然後接過她的行李放進後車廂。

許摘星乖乖跑到副駕駛座坐好，繫安全帶的時候，岑風坐回車上，取下口罩和帽子，偏頭對她笑：「回家好玩嗎？」

她眼睛彎彎的：「好玩，哥哥你最近是不是有點瘦啦？」

岑風一邊發動車子一邊摸了摸臉：「好像有一點。」

許摘星瞬間操起一顆老母親的心：「怎麼回事呢？是沒有按時吃飯嗎？還是工作太累了

沒休息好？我等一下幫你煲個十全大補湯吧。」

岑風忍不住笑：「沒到十全大補湯那個程度。」

許摘星：「你明天又要出國，國外吃的沒營養，今天一頓要把後面幾天的都補上！」

說完，拿出手機開始搜尋十全大補湯需要的材料，到社區外的時候她把鑰匙交給岑風，讓他自己先上去，她則去超市買菜。

等她急急忙忙買好菜回來，進屋的時候，廚房裡已經傳出香味了。

岑風把燻雞解了凍，煮熟之後切片，一部分放在一旁等等一起炒菜，一部分放上籠屜蒸，香味就是從籠屜裡飄出來的。

許摘星：？

你上次不是說你不會做嗎？

結果我還沒回來你就把這隻雞處理了？

她扯他的衣角：「哥哥，你出去吧，你去跟巧巧玩。」

岑風用手指戳一下她的額頭，「去做妳的十全大補湯，其他的交給我。」

看他好像心情很好的樣子，許摘星也就沒堅持，抱著菜譜開始研究自己的湯。十全大補湯名不虛傳，光是配料都是要幾十種，許摘星拿了這個拿那個，在廚房裡來來回回跑，像隻忙碌的小蜜蜂。

「哥哥，當歸和肉桂在你手邊那個架子上掛著的第二個袋子裡，給我。」

「哥哥，你喜不喜歡多加一點花生？」

「哥哥，你吃得慣黨參的味道嗎？我要加進去了哦。」

岑風把剩下的燻雞跟蒜苗一起炒好出鍋，用筷子夾了一片雞肉伸到她嘴邊：「嚐一下味道。」

許摘星正忙著往鍋裡放料，偏過腦袋張開嘴，視線都沒轉一下。

等雞肉下肚了才反應過來。

等等？剛才愛豆是不是餵我吃東西了？

她一臉驚恐地回過頭，岑風還站在她旁邊，微微歪著頭，笑意很暖，輕聲問：「好吃嗎？」

許摘星瘋狂點頭。

耳根卻偷偷紅了。

廚房投下暖色調的光，氤氳著蒸騰的熱氣和香味，像家一樣。

最後經由兩個人的努力，這一頓比以往任何一頓飯都要豐盛，三葷兩素一個大補湯，擺了滿滿一桌。

許摘星不停盛湯給愛豆：「哥哥，多喝一點，長胖一點，你肉肉的也好看！」

岑風：「肉肉的？」

許摘星：「就是小臉胖嘟嘟的樣子！」

岑風：「像妳以前有嬰兒肥那樣嗎？」

許摘星：「……」

他變了。

吃完飯，兩個人一起洗碗。許摘星本不想愛豆的神仙手沾染凡間油膩的，但岑風說他吃太飽了，要站著消食。她用洗潔精洗第一遍，他用清水清第二遍。

最後許摘星決定，等一下就去下單洗碗機！

快洗完的時候，岑風說：「我看到妳買了遊戲機。」

許摘星想了一下子才想起來：「哦哦，那個啊，是周明昱送的，他說我技術菜，讓我多在家練練，我還沒拆呢。」

岑風笑了下：「等一下我陪妳練。」

於是洗完碗，兩個人開心地打遊戲。

除了《瑪利歐兄弟》，許摘星沒玩過別的，岑風帶著她一個一個玩。

從《冒險島》到《坦克大戰》再到《蜜蜂戰機》，最後還跳起了火圈。

她以前只喜歡洋娃娃，從來不知道遊戲這麼好玩。

兩個人坐在地板上，一人捧著一個搖桿，旁邊放一瓶養樂多，彷彿找回了童年的樂趣。

岑風微微偏頭看著身邊的少女。

她換上了家居服，隨手綁了個馬尾在腦後，玩得太過投入，笑起來時東倒西歪。

他所有有關家的感覺，都是她給的。

可他在心裡告訴自己，不能急。

她值得未來更好的他。

第二天，岑風隨雜誌拍攝團隊飛往巴黎。

自從去年上過《麗人》之後，他的時尚雜誌資源就穩了下來，如今四大刊封面都已經上過了，電子首刊也拿下了全國銷量第一的成績。

在巴黎待了三天，回來之後又繼續製作專輯，忙得腳不沾地。

現在歌詞編曲都已經搞定了，有一部分歌需要編舞，也早就交給鳳凰社負責。年底之前，專輯必須製作完成。之前時間本來是夠的，但現在他還要準備話劇排練，相對而言就有點趕了。

為此不得不讓吳志雲推了兩個代言和綜藝。

吳志雲感覺自己的心都在滴血。

愛豆這麼忙，許摘星不特地聯絡，也見不到他。畢竟沒有公開行程，他也不需要妝髮，一直到月底參加商演，才又見到。

但是相處時間短，商演一結束就匆匆離開，奔赴下一個行程。

✦

十一月，《飛越杜鵑窩》話劇劇組全部組建完畢，除去岑風，其他演員都是專業的話劇演員，雖然沒有名氣，但演技爐火純青。

當聞行把岑風帶到劇場，介紹他是比利的飾演者時，演員們都有點傻眼。

這不是唱跳的流量偶像嗎？

先不說演技的問題，流量來演話劇，圖什麼啊？

這話劇可不是一朝一夕就能演完的。緊鑼密鼓的幾個月排練之後是全國巡演，接下來這一年都要跟著劇組跑，流量不演ＩＰ劇？不上綜藝？

雖然疑惑，但也不好開口質問，畢竟是聞老師親自領來的人。

大家和和睦睦認識了一番，開始第一次排練。

所有人的疑惑都在岑風的表演中煙消雲散。

他天生為舞臺而生。

無論是唱跳舞臺，還是話劇舞臺。

當他表演時，你的目光無法從他身上移開。

排練無需服裝道具，主要看臺詞和劇情。排練了三天後，聞行根據整體的表演情況，修改了部分臺詞，調整一些角色的戲份，進入最後的試拍。

試拍結束，製作方認可，《飛越杜鵑窩》正式進入製作階段。

聞行作為導演、製作人以及主演，在社群上官宣了話劇的消息。

他這兩年什麼行業都有涉及，網友們習慣了，口碑也好，聽說聞老師開始拍話劇，分享表示支持。

當然，僅僅也只是分享而已，話劇本來受眾就小，喜劇類相對來講人氣高一點，正統劇碼就更冷門了。

直到他們注意到演員列表。

靠，岑風是什麼鬼？是我們認識的那個岑風嗎？

一個當紅流量，跑去演話劇了？他瘋了嗎？

#岑風出演聞行話劇#一路狂奔上熱搜。

風箏：？？？！！！

愛豆這是什麼詭異的發展路線？

前幾天還有幾個行銷號爆料說岑風在接觸一個古裝權謀大ＩＰ劇，說得頭頭是道。風箏們雖然控評說非官宣不約，抱走愛豆，但心裡還是隱隱期盼的。

如果愛豆能演電視劇的話，她們見到他的時間就多啦！

畢竟現在想見他只有現場追活動，商演音樂節那些門票本來就不好搶，開銷也大，有時候官方有直播還好，沒直播要等好久才能看見。

如果他能演戲，豈不是天天都可以在電視上看見他！

唯一要擔心的就是演技了。

但是相信如果他做，一定能做好。

大家都在默默畫餅呢，結果他居然跑去演話劇了？

話劇是什麼？戲劇的直接表現，現場直白式表演，無特效無ＮＧ，另一種意義上的一鏡到底，對演員的演技和臺詞要求極為嚴格。

而且非表演專業出身的唱跳愛豆，在轉型之際都會選擇大IP電視劇，既能保證流量，又可以慢慢磨練演技。

哪怕一開始被觀眾罵一罵，只要後面努力提升演技，下一部作品有所進步，馬上可以被不抱期待的網友們誇演技進步。

話劇這種超級冷門小圈子，豈止是沒流量，簡直跟流量沾不上邊。有些話劇演員演一輩子，觀眾都不知道還有這個人。

崽啊，你這是幹什麼啊！磨練演技也不用這麼狠吧！

風箏們一時間不知道該用什麼樣的心情來面對這個消息。

直到「你若化成風」發了一則動態：『話劇正常都是三個小時起跳，全國巡演，每月都會表演兩、三次，話劇門票也比商演便宜。三小時現場表演，近距離看他演戲，上個廁所說不定還能碰到，不開心嗎？流量不重要，他開心最重要。』

風箏：我靠？對啊！

全國巡演，每個城市的風箏都有機會了！每個月都有，不只可以看一次！三個小時啊！比演唱會還長了！

我們還有什麼不滿足的？

看他站在頂流巔峰太久，就希望他能一直保持，卻忘了我們的初心是不求他大紅大紫，只願他順遂安康。

有官方控制風向，大粉陸續發話。

『聞行這個人不用我多說了吧？圈內出了名的高標準，你哥能去演他的話劇，說明演技在他那是過了關的。現在圈內一些演員都不敢說自己能演話劇，你哥去了，不該為他驕傲？』

『以後就別跟一些小魚小蝦計較了，已經不是同一個level了。』

『他一直在做他喜歡的事，不管是音樂，還是現在的話劇。他雖然是流量出身，但不是大眾定意義上的流量藝人，沒有哪個流量敢效仿他的路線。他在往真正的巔峰上走，我們需要跟緊他的腳步，而不是為了一點蠅頭小利拖他後腿。』

『還說什麼呢姐妹們？趕緊去研究話劇怎麼搶票啊！你們有誰看過話劇嗎？知道規矩嗎？現場可以帶燈牌嗎？』

『不能帶燈牌，不能帶發光物，不能拍照錄影，不能應援。當一個觀眾，別當粉絲。』

『週末C市有姐妹約一波話劇嗎？我先去體驗一下。』

粉絲社群很快恢復平時活躍開心的氣氛，開始興奮地期待話劇的公演。

岑風的熱搜在上面掛了一天，網友們都知道他要去演話劇了。本來以為會有嘲諷，點進去卻全是誇的。

因為大家都明白，演話劇對於一個流量來說是一件完全吃力不討好的事。

但岑風做了。

他推掉了綜藝，推掉了大ＩＰ，選擇了默默無聞沒有曝光度的話劇。

他真的跟別人不一樣，他每一步都走得很堅定。在這個追名逐利的浮躁圈子裡，他清楚知道自己想要什麼。

這次連黑粉都沒出來跳。

一方面是震驚他的決定，另一方面，看到岑風主動捨棄資本市場，他們求之不得。

聞行發文之後，岑風就上線分享了。

——＠岑風：『期待和聞老師的合作。』

風箏們留言為他加油打氣，表白心意，不管他做什麼，她們都會全力支援。

岑風從來沒有回覆過。通常他上線發完文下一秒就退出，從不看網路上的東西，不在意，也不喜歡。

但是這一次，他挑了熱評第一回覆，他說：『謝謝，我會好好表演的。』

風箏們熱淚盈眶。

他總是那麼真摯地跟她們說謝謝。

她們說：『不用謝啊寶貝，都是一家人，家人之間不言謝。』

話劇官宣之後，劇組正式開始排練。

岑風的行程已經重新調整，除去必要的商演晚會和頒獎典禮，其他時間都用在話劇排練和專輯製作上。

他給人的第一印象總是冷漠不好接觸，一開始劇場的演員們不大敢跟他說話。但後來岑風跟他們一起坐在地上吃便當，他們聊天他就在旁邊認真地聽著，問他有關娛樂圈的事，他都會耐心地回答，大家慢慢也跟他熟絡起來了。

話劇排練得非常順利，聞行牽頭組成的團隊，演技絕對不能差。岑風也在排練中跟這些前輩學到很多表演技巧，演技進步可以用飛速來形容。

他很有靈氣，一點就通，而且因為共情能力強，很容易進入角色。

那個害羞又怯懦的比利，那個對愛情抱有美好幻想卻自卑的比利，那個想要掙扎卻最終屈服於現實的比利。

他演活了他。

在緊鑼密鼓的排練中，時間一晃就到了十二月。

華語音樂榜頒獎典禮，岑風作為作品入圍歌手和表演嘉賓前往參加。

許摘星有段時間沒見到他了。話劇排練那麼多人在，她不好去探班。專輯製作跟洪霜一起，她也不能去打擾。明明是愛豆的御用妝髮師，卻跟其他粉絲沒什麼區別，只有出席公開行程才能見到他。

今晚要走紅毯，她又拿來一套高奢的訂製，雖然西裝差別不大，但她從來沒讓岑風出席活動時穿過同一件衣服。

岑風又看到她裝周邊的那個箱子。

這次不等愛豆開口，他一個眼神掃過來，許摘星立即道：「哥哥，你也有！我已經把你的那份交給桃子姐姐了！」

岑風不由得笑起來：「這次是什麼？」

許摘星掰著手指算：「一張手幅，一朵橙色的手花，還有印著你照片的小鏡子。」

愛豆誇她：「心靈手巧。」

許摘星怪不好意思的。

做完造型，許摘星照常時拖著周邊箱子先去現場。到了場館外面，先跟小七、阿花她們匯合，然後找到標誌性地標開始發周邊。

——@你若化成風：『手幅和小鏡子數量有限，先到先得。手花很多，大家可以不著急。我之前說過，因為話劇場館不能帶發光的應援物，所以做了這個橙色的手花，到時候戴在手腕上哥哥也能看見，每場活動都會發，無限量供應，爭取讓所有能去現場的人都戴上。』

文一發，周圍的風箏們全找過來了。

一邊領一邊誇她：「若若妳長得真好看，做的周邊也好看！」

「戴上絲帶手花的我彷彿成了小仙女。」

「今晚紅毯我要搶前排！讓哥哥看見我的手花和手幅！」

這次的手花的確花了她不少功夫。

是用全橙色的絲帶編織的，絲帶編成了一朵花的模樣，兩邊垂下兩條橙色絲帶，就像結婚時新娘子戴的手花一樣，仙氣又漂亮。

因為是全橙色，橙紗堆疊在一起，成了非常亮眼的顏色。風箏們愛不釋手，簡直成了粉籍的證明。

於是當岑風走上紅毯時，略一偏頭，就看見兩旁朝他揮手的粉絲手腕上，全部都有橙色絲帶在夜風中飛揚。

是屬於他的標誌。

有媒體捕捉到這一幕，拍下滿場手花的畫面，官方上傳紅毯現場播報的時候，把岑風的紅毯圖和這張手花照一起發了出去。

星光點點，手腕高舉，橙色絲帶飄揚，手花迎風綻放。

娛樂官方帳號除了粉絲，路人也很多，都被這張粉絲的圖片驚豔了。

『這是岑風的粉絲嗎？應援手花也太漂亮了。』

『像無數個新娘子戴著手花來嫁她們愛的少年。』

『路人好想要！請問哪裡可以買到嗎？』

『樓上你好，不可以買哦，這是我家周邊大佬憑藉社群和打榜記錄免費發放的，只有風箏才能擁有。』

『對不起，因為這朵手花我想粉岑風了。』

『我也……』

『你們醒醒！不就是一朵手花嗎！自己也可以做啊！網路上也可以買到啊！』

『可是要像圖片這樣所有人一起戴一起揮手一起飛揚，才好看啊 QAQ！』

『對對對！氣氛很重要！』

『歡迎大家入坑，我家歌手入股不虧，專注音樂的原創歌手，顛覆舞臺的唱跳王者，冷酷無情的機械大佬，顏值逆天的神仙藝人。現在入坑，還可在來年收穫話劇臺上的小比利哦。』

於是屬性構成奇怪的風圈，繼心疼粉、機器人粉、性格粉之後，又多出了一批手花粉。

你是因為什麼入坑的啊？

因為手花。

就很扯。

什麼叫周邊大佬？能用周邊吸引路人入坑的，才是真正的周邊大佬。

風箏們一邊笑一邊跑到「你若化成風」的帳號底下誇她。在周邊被愛豆看上之後，現在又用周邊替愛豆吸粉，若若啊，年度最佳粉絲獎非妳莫屬了。

許摘星發完周邊姍姍來遲，並不知道發生了什麼事，寄放好箱子進到場館，就抱著燈牌開始應援。

她們都知道愛豆今晚要拿獎，但主辦方保密工作做得好，一直沒有透露，大家興奮地期待著，也不敢希望過高，畢竟現場前輩太多，覺得愛豆能拿一個最佳單曲獎就可以了！

岑風今晚有表演，這次沒有唱跳，而是現場首唱了〈風光〉。

〈風光〉這首歌因為空靈迷幻的風格，很考驗唱功，但岑風在現場的演繹甚至要比錄音室版本更加出色。

鏡頭給到下面嘉賓席的前輩歌手們，臉上都是欣賞的神情。

許摘星這次跟小七坐在一起，兩個人互飆應援，嗓子都喊啞了。

表演環節結束，正式進入頒獎環節。

小七雙手合十緊張地祈禱：「最佳單曲最佳單曲最佳單曲！」

許摘星鄙夷地看了她一眼：「最佳專輯最佳專輯最佳專輯！」

小七：「我靠，妳也太敢想了。」

許摘星：「心有多大，夢想就有多大！」

兩個人正笑鬧著，就聽見主持人說：「讓我們恭喜年度最佳專輯的獲得者，岑風！恭喜岑風的首張專輯《It's Me》獲得了年度最佳專輯！」

許摘星／小七：「我靠？」

全場風箏：「我靠啊啊啊啊啊啊啊啊啊！」

鏡頭給到嘉賓席的岑風，他極淡的笑了一下，跟以往沒什麼區別，起身扣好西裝的釦子，走上舞臺。

這還不算完。

領完獎下臺，椅子都沒坐熱，風箏們還沒從上一個獎項中回過神來，又聽到主持人念出了愛豆的名字。

「恭喜岑風獲得年度最佳原創歌手獎，讓我們再次恭喜岑風！」

雙獎合併，是屬於他的狂歡夜。

許摘星的嗓子已經喊不出聲音了。

抱著燈牌瘋狂揮舞，好幾次砸到前排的頭。好在前排也是風箏，被砸到腦袋完全不care，整個觀眾席簡直就像捅了土撥鼠的窩。

相比於粉絲的激動，岑風顯得淡定很多了。

左右兩隻手一手握著一個獎盃，還都是華語樂壇分量不低含金量很高的獎盃。有這兩個獎，算是坐穩了他在樂壇的地位。

主持人問：「現在感覺怎麼樣」

他左右看一下獎盃，又抬頭看向滿場橙海，笑著說：「感覺有點重。」

粉絲正哈哈大笑，又聽見他說：「好像把妳們的心意握在手上。」

然後哈哈哈的粉絲就開始嗚嗚嗚了。

靠，這個男人太會了。

他是談戀愛了嗎？為什麼突然變得這麼甜了？

第十四章　聽風

#岑風雙獎#又上了一次熱搜，不太關注音樂的路人們點進去看了看，只知道他拿獎了，但是不明白代表了什麼。

直到行銷號把往年獲得這兩個獎項的歌手列出來，都是大家平時耳熟能詳的歌手。而且同時獲得最佳專輯和最佳原創的藝人幾乎是鳳毛麟角的存在。

這一對比，路人才知道岑風有多厲害。

風圈一整晚都處於極度興奮的狂歡之中，愛豆得獎，亦是她們的榮譽。以前她們每次控評或者推薦「歌手岑風」時，總是會被一些黑粉嘲諷，流量也配被稱為歌手？

現在雙獎傍身，是樂壇對愛豆最大的認可，看誰以後還敢踩！

之前有粉絲說得對，他正在走向真正的巔峰。

除了興奮得獎外，當然還興奮愛豆最後那句「把妳們的心意握在手上」。

這小子真甜！

以前只會說謝謝，笑容很少，現在居然會說甜言蜜語了！男孩子果然是要追的啊！

也有部分粉絲憂傷地說：我懷疑他戀愛了才變得這麼甜。

今晚是個好日子，留言區一片和諧的嘻嘻哈哈。

『可是他笑得好溫柔好開心啊！如果談戀愛可以讓他開心，我不介意！』

『如果談戀愛可以讓他一直這麼甜，我也不介意！』

『唉，看來是瞞不住了，謝謝大家，我已經和哥哥在一起了。』

『來人，用尿把上面那位滋醒。』

『幾粒花生米啊，醉成這樣？哥哥現在明明在我旁邊。』

頒獎典禮結束之後，岑風今年的商演活動只剩下跨年晚會。今年他依舊收到了幾電視臺的邀約，去年因為ＩＤ團沒去的熱門電視臺今年終於去了，對於粉絲來講，這應該是愛豆閉關排練話劇前最後一個舞臺，所以拚了命的搶門票。

跨年晚會是最比應援的時候，因為去的明星都是大流量，到時候就看誰家人多，燈牌最亮，聲音最大了。

後援會又統一訂製了一批大燈牌，這次的燈牌有所改進，橙光更亮不說，重量也輕了很多，方便攜帶，要去現場的風箏紛紛下單。

許摘星的橙色手花現在已經成了風箏粉籍的證明，一有現場活動，風箏都會戴手花。相比於燈牌手幅這些大東西，手花只算裝飾品，不會引起路人的注意，只有粉絲之間才明白那代表著什麼。

看到橙色手花，就知道那是我們的人。

這次她又拖著一箱手花到場館外面發，手花幾乎沒有重量，裝了整整一箱，起碼有上千個。有些風箏不能來現場，就讓朋友幫忙出示打榜記錄的截圖，代領手花。

許摘星這次沒有發太久，因為岑風彩排結束之後需要補妝，她把箱子交給小七她們，藉口有事先走了。

出示工作證從員工通道進到後臺時，裡面來來往往都是時下最當紅的明星。其中不乏跟辰星合作過的，許摘星擔心被認出來，一進去就戴上口罩。

藝人來往匆匆，根本不會注意一個戴著口罩埋著頭的工作人員，但其他人可就不一定了。

剛進大廳，許摘星正在問保全VIP休息室怎麼走，旁邊有個人驚喜又禮貌地喊她：「許師？許設計師？」

許摘星回頭一看，原來是安南手下的一個化妝師。她經常跟《麗人》合作，去編輯部也去得勤，居然被這個化妝師認出來了。

這就不好再裝了，她朝人笑笑：「你好。」

化妝師搓搓手，走近兩步：「我還以為我看錯了呢，許師，妳怎麼來這裡了？」他又看了她的化妝箱一眼，驚訝道：「妳是來幫哪位藝人做造型的嗎？」

許摘星的嗓音有些淡：「來談點工作上的事，沒什麼事我就先走了。」

她朝他點頭，又回頭朝保全笑了笑，禮貌地道了聲謝，就拖著化妝箱走了。

這化妝師是電視臺聘請的，負責這次跨年晚會伴舞的造型，最近經常在這裡進進出出，保全跟他都熟了。

他平時挺傲的，畢竟是《麗人》編輯部的人，有些明星見到他都客客氣氣的，保全還是第一次看他對別人那麼客氣，好奇地瞄了好幾眼。

許摘星找到貼著岑風名牌的休息室時，岑風已經彩排完了，正坐在裡面吃尤桃從電視臺食堂領回來的套餐。

還挺豐盛的，屋子裡都是菜香。

許摘星高興地湊過去：「哥哥，好吃嗎？」

岑風：「普通，沒妳做的好吃。」

啊，又被愛豆誇了。

許摘星內心美滋滋。

等愛豆吃完，開始幫他補妝。

一邊補一邊興奮地告訴他：「哥哥，今晚現場來了好多風箏！我們換了新的燈牌，又大又亮，等一下的橙海一定很好看！」

岑風透過鏡子看著她興奮的小臉：「妳有嗎？」

許摘星：「我當然也有啊！」

岑風：「官方訂製？」

許摘星：「對啊！又大又亮！」

岑風：「……」

也不知道他這輩子還能不能等到一個特製燈牌。

剛補完妝，晚會的調度員敲門進來。晚會還有不到半小時就要開始，觀眾已經入場了，調度來跟他確認一下等一下的出場以及走位。

許摘星閒著沒事，戴好口罩出去，準備溜到現場看一下橙海的效果。員工通道在舞臺左側，用一道黑色的布簾擋著，她順著指示一路找過去，有些心潮澎湃地掀起簾子朝外看。

本來以為會看到滿場橙海，結果卻讓她目瞪口呆。

官方訂製的大燈牌星星點點散布在觀眾席，根本沒有連成一片橙海。而且數量也比不上其他幾家，一眼看過去，她懷疑今天手持門票來領手花的那幾百個粉絲是假的。

怎麼可能？

愛豆出道以來，她們從來沒有這麼差的應援！

許摘星放下簾子，一臉凝重地退到後臺，摸出手機打電話給小七：「妳們進場了沒？」

小七的聲音聽起來有些憤怒：『進了！』

不等許摘星問，她又說：『我們的燈牌被沒收了！』

許摘星：「怎麼回事？」

小七氣憤地說：『過安檢的時候，有個穿白衣服的工作人員檢查燈牌，說不能帶！我們也以為真的不能帶，就交出去了，結果進來才發現別家都帶了！』

許摘星又問：「我看到還有一些我們家的帶進來了。」

小七說：『因為有三個安檢入口，我們被沒收的是從B入口進的。但是B入口這邊的風箏最多，因為只有這裡放了哥哥的大海報，大家都在這裡拍照，拍完就從這裡進！剛進來的時候大家都沒開燈牌，我們也不知道他們帶了，現在開場才發現不對。我剛才跟幾個風箏出去找工作人員，但周圍都是保全，他們也不清楚，而且門票只能進出最裡面的一道門，再往外，出去了就進不來了！』

小七說著都快哭了：『大家現在都在網路上找電視臺要說法，可是也來不及了啊，馬上就開場了。』

許摘星安慰她：「妳別急，我還沒進場，我去聯絡後援會想辦法。」

說完不等小七回答就掛了電話。

她掀開簾子拍了一張觀眾席的情況，然後直接去找跨年晚會的總執行。

辰星跟電視臺裡的合作不少，許摘星認識總執行，先打了電話給他，問了他現在的位置，找過去之後直接開門見山：「我要見今晚負責安檢工作的組長。」

許摘星待人一向溫和，總執行還是頭一次看到她這麼來勢洶洶的樣子。一邊讓人快點去找，一邊試探著問：「什麼事讓許總這麼生氣？」

許摘星冷笑一聲：「貴電視臺看人下菜碟的本事倒是很厲害。」

總執行一聽，頓時知道事情不小，沉聲道：「許總，到底發生什麼事了？如果是我們臺裡給妳添了麻煩，一定會給妳一個說法。」

許摘星簡單地把事情說了一下。總執行面色漸漸冷怒，他沒往別的方面想，只以為岑風跟辰星有合作關係，才讓這位許總如此生氣。

安檢組長很快被找來了，穿著一身白衣服的中年胖子，跟小七口中的人對上了。

一進來，察覺裡面氣氛不對，臉色有點變了，遲疑著問：「劉總，叫我來有什麼事嗎？」

總執行看著許摘星：「許總，人叫來了，妳問吧。」

那人又看向旁邊神情冰冷的少女。

正想著這誰啊，就看見對方把手機螢幕伸到他面前，冷笑道：「怎麼？組長是覺得岑風的燈牌很好看，所以沒收了自己收藏嗎？」

他光溜溜的腦門上冒出幾顆冷汗。

晚會就快開場了，許摘星現在也沒時間跟他計較前因後果，直接問：「燈牌在哪裡？全部交給我。」

安檢組長在總執行要殺人的眼光中哆哆嗦嗦帶著許摘星去拿燈牌了。

一大堆，亂七八糟扔在置物室的架子上。

許摘星一邊整理一邊道：「去找幾個保全過來。」

安檢組長現在也知道自己得罪了不該得罪的人，趕緊去了。沒多久四個保全被領了過來，其中有一個就是剛才許摘星詢問ＶＩＰ休息室怎麼走的那個人。

看見許摘星，那保全也有點驚訝，許摘星還是禮貌地朝他笑了下，然後把燈牌分成四份，交給他們，又拿出了自己袋子裡裝著的橙色手花。

「你們現在去觀眾席，從第一排開始找，凡是手腕上戴著這朵手花的觀眾，就給她一個燈牌。」

四個保全面面相覷，安檢組長這時候知道挽救了，厲喝一聲：「都聽明白了嗎！」

保全趕緊點頭：「明白了明白了！」

很快，正興奮等待開場的粉絲們發現了奇怪的畫面。

四個保安一人抱著一大疊燈牌，一邊找人一邊發。橙色手花顯眼又獨特，很容易找到。

保全分在四個區域，從第一排開始，看見戴手花就把燈牌遞過去。風箏們看到被沒收的燈牌又回到自己手上，都驚呆了。

趕緊拉住保全問：「你們怎麼知道我們是粉絲？」

保全指指她們戴的手花：「她說憑這個認人。」

前排的風箏們坐在一起，面面相覷，驚喜又不可思議。

她們正在網路上聲討電視臺，但其實也知道，除了聲討譴責，最後對方道歉，這件事不會有再好的結果。

沒想到峰迴路轉，居然有保全憑手花又還了回來！

風箏們忍住激動問：「你說的她是誰？」

問的正是跟許摘星說過話的那個保全。

保全回憶一下剛才在樓下大廳許摘星跟那個化妝師的對話，開口道：「我不知道名字，是個女的，別人喊她許設計師。」

風箏：？

許設計師？

許摘星？

被沒收的幾百份燈牌重新回到風箏手上。事情走向太過神奇，大家一時間不知道該怎麼形容此刻的心情。

立刻上社群瘋狂表示：『工作人員憑手花辨粉籍把燈牌還回來了！』

而此時，跨年的官方帳號已經被留守的風箏們罵了幾萬則留言。

她們一開始聽說燈牌被沒收，還以為是整個場館都不能帶，臨近開場時，社群上陸陸續續有現場粉絲反應其他家燈牌都在，只有自家被沒收了，這才知道事有蹊蹺。

一邊聯絡後援會一邊開始找官方要說法。

但粉絲應援這種事，在活動所有環節中簡直就是小得不能再小的一件事，主辦方根本不會care，更不會現在把燈牌還給你，最多就是晚會結束後發個工作失誤的道歉聲明。

這種事在圈內見怪不怪，收你燈牌算什麼，有時候藝人原定的表演都會莫名其妙被取消。資本為上，上哪說理去。

官方後援會第一時間聯絡了工作室團隊，接洽後援會的是宣發曉音，曉音收到消息後又去找電視臺跟她對接的工作人員，這一層又一層，等她找到人，晚會都要結束了。

此時岑風已經在候場，她不可能因為這種小事讓老闆出面，只能暫時安撫後援會，卻沒有實際解決辦法。

就在大家激情辱罵官方的時候，粉絲社群接連有「燈牌還回來了」的發文出現。

本來以為是團隊溝通的結果，沒想到事實讓人意外。

『我問了保全，是許摘星把燈牌交給他們的，還給他們看了手花，讓他們憑藉手花認人，我差點哭了。』

『我到現在都是茫然的，現場工作人員發燈牌這種事在圈內只有我們了吧？』

『我旁邊別家的粉絲都在問，我們是不是找晚會主辦方訂製燈牌。』

『本來以為今晚就這樣了，今年的最後一次應援，會讓哥哥失望了。沒想到真的有奇跡發生，我看到保全抱著燈牌出現的時候，還以為在做夢。』

『許摘星怎麼這麼好（大哭），她也在現場啊。她還領了手花，還知道我們被沒收燈牌了。』

『真的，我覺得我家有這位大佬粉絲，太幸福了。』

『不知道哪一個是她，今天去找若若領手花的風箏們有看到形似許摘星的人嗎？好想當面對她說謝謝啊。』

『她應該不需要這聲謝謝，她跟我們一樣，一家人不言謝。』

『大佬是不是也混圈，不然怎麼知道的這麼清楚？』

『啊啊啊這麼一說好像是！難道我身邊哪位小姐妹就是大佬嗎！』

『一直傳聞許師很漂亮啊！快快快，找找身邊最漂亮的風箏，八九不離十了！』

『我覺得若若就很漂亮，是我見過最漂亮的妹子。』

『？？？』

『？？？』

『？？？』

『靠？？？』

『不可能吧……』

『許摘星的性格不是很文靜優雅嗎，若若不像吧，你看她吵起架來多凶。』

『若若每場活動都在外面兢兢業業發周邊，天天在家做周邊，追活動追得比誰都猛，你看她像是有一個設計工作室每天忙著應酬和設計的大佬嗎？』

『哈哈哈哈我們若若也是大佬啊！勤勤懇懇周邊大佬！我不許你這麼說她！』

重新拿到燈牌，不管是現場還是留守的風箏們心情都是激蕩的，嘻嘻哈哈聊過之後就過了，完全不知道她們距離真相其實只有一步。

許摘星並不知道自己差點被拆穿偽裝，在後臺看著觀眾席的燈牌一點點亮了起來，組成壯觀的橙海，終於鬆了口氣，然後轉身回去處理後續。

安全組長垂頭喪氣地站在總執行辦公室，等候發落。

這段時間內，他已經交代了。他最近交了個小女朋友，是岑風對家的粉絲，纏著鬧著讓他這麼做的，不答應就分手，他迫於無奈才出此下策。

許摘星知道他說的是誰，出道多年的流量賀一中。屁個對家，糊咖越級碰瓷，不過撞了冷酷 boy 人設而已，還真的把自己當根蔥了。

許摘星懶得給他好臉色，直接問總執行：「劉總，你說怎麼處理啊？」

總執行當然不會為了一個小員工得罪辰星，兩家合作不少，一直是雙贏的狀態，立刻對安全組長道：「在工作中以權謀私最是大忌！你去向人事部遞辭呈吧。」

安全組長一臉不可思議，完全沒想到因為這麼點小事就丟了工作，紅著臉還想說什麼，被助理請了出去。

解決完這件事，許摘星才戴好手花抱著燈牌，跑去觀眾席找小七。晚會已經開始了。

許摘星一坐下，小七一把捏著她的手，看表情明顯激動到不行，但嗓音還是壓著：「若若！是妳嗎！是妳解決的嗎？」

許摘星淡定道：「不是啊，我只是聯絡了後援會，應該是後援會解決的吧。」

小七：「不是啊！是許摘星啊！」

許摘星：？？？？

我靠！

小七把事情經過跟她重複了一遍，又激動地說：「有些人還猜妳就是許摘星呢！哈哈妳說好不好笑！」

許摘星：「……真是太好笑了，我哪配啊！」

我 diss 我自己。

她坐穩之後拿出手機打開社群，發現果然有幾十則留言在問她是不是許摘星。不過被其他粉絲壓下去了，讓她們不要胡亂猜疑。

畢竟許摘星的身分擺在那，經歷上一次被截圖被聯動黑後，風箏們現在說話小心多了。像若若這種吵架能力一百分的戰鬥粉，把她說成是高奢品牌的大設計師，風箏自己都心虛。

許摘星逛一下社群，發現大家的關注點已經不在她身上了，悄悄鬆了口氣。

✦

岑風的節目排在最後幾位出場，唱的是專輯裡沒有現場表演過的歌。在這一年的最後一晚，風箏依舊給了他一個盛大的橙海應援。

時針跨過十二點，又是新的一年。

元旦之後，岑風工作室發布了第二張專輯即將上線的消息。

去年幾次媒體採訪岑風都有提到在做新專輯的事，風箏們不意外，紛紛表示自己的錢包已經饑渴難耐了！

現在網友們對於岑風發歌發專輯已經習以為常，連熱搜都沒上，但是這張專輯卻在音樂圈引起了轟動。

因為工作室公開的海報上，音樂製作人那一欄，名字是洪霜。

已經神隱兩年的天王級音樂人。

一時之間大家不由得想起了被洪霜製作的音樂支配的恐懼。

真的是包攬各大獎項，他吃麵，連口湯都不給別人剩。那幾年他幾乎是在燃燒自己製作音樂，如今圈內著名的歌手都因為他製作的作品拿過獎，從而站穩腳跟。

岑風居然請動了洪霜出山，而且整張專輯都是洪霜製作的！

這是什麼神仙強強聯手！

專輯還沒出世，已經可以預料來年橫掃樂壇獎項的盛況了。

一時之間，羨慕嫉妒恨的都有。

圈內的消息瞞不住，藝人經紀人高層之間都在聊這件事，行銷號自然也得到了消息，於是本來沒有引起注意的二專再一次登上了熱搜，點進去文章一個接一個。

『天王製作人洪霜神隱兩年歸來，親自操刀岑風新專，樂評人預言岑風來年將要橫掃十大獎項。』

『盤點被洪霜捧紅的歌手，你耳熟能詳的歌都來自這位樂壇傳奇。』

『不知道洪霜是誰？看看下面這個歌單你就明白了，都是他寫的。』

『幕後天王，成就了多少臺前明星。』

『理性討論，岑風是怎麼搭上洪霜的？』

反應遲鈍的風箏：啊？原來是這樣！好厲害哦！

得知愛豆的第二張專輯居然這麼厲害，大家更高興了，紛紛大喊道：太子可以退位了！讓老二上！

網路上討論得風生水起，正在緊急排練話劇的岑風並不知道，也不關心。

自從跨年晚會之後，他又閉關了。

行程全推了，安心待在劇組跟大家一起排練，有時候演員們都覺得這個人根本不像爆紅的大明星。

沒有架子也沒有脾氣，雖然總是冷冷淡淡的，但人很好相處，沒有明星那些挑三揀四的壞習慣，在這個小劇場裡跟他們一待就是幾個月，絲毫不擔心人氣下滑。

有時候私底下幾個老演員都跟聞行說，你撿到寶啦，小風以後肯定大有成就的。聞行也很高興。

他以前就知道岑風心性穩，直到現在合作了，才知道他到底有多穩。

放在別的明星身上，兩個月沒行程不露面，大概都要急死了。他卻還是不急不緩的，磨練演技，學習技巧，好好排練，像個聽話的好學生。

過年前，他的第二張專輯《聽風》正式上線了。

這次的宣傳還是全面交給辰星來做，兩個月前就開始預熱，加上有洪霜這尊大佛的加入，行銷號那些文章沒白發，網友對於這張專輯的興趣度不比粉絲少。

《聽風》一共十一首歌，其中七首仍是岑風原創，風格多元，曲風高級。數位專輯和實體專輯在各大平臺上架之後，都打破了第一張專輯《It's Me》創下的銷量。

風箏們開玩笑說，果然能打敗自己的只有更厲害的自己。

然後許摘星又開始了新一輪的送專輯，送朋友、送家人、送員工、送同學，她買了一千多張，都沒處放，不送不行。

收到專輯後，迫不及待拆開包裝拍照發了一篇文。

——@是許摘星呀：『神仙專輯，（圖片）。』

然後留言裡全部都在說：『我們懂！只要買了《聽風》，和妳就是朋友！現在就去下單！』

又帶了一部分銷量。

美滋滋。

岑風自己收到專輯後，給話劇劇組所有臺前幕後的工作人員都送了一張簽名版。有些演員拍照發了文，引來大批風箏羨慕。

羨慕了幾萬則的分享。

從來沒有得到過這麼多關注的小演員這次是真真實實感受到岑風的人氣。

許摘星也看到了。

然後她不開心了。

她都還沒有簽名版專輯！

於是等岑風今天的排練結束，就在手機上看到女孩傳來的一張幽怨的梗圖。

他忍不住笑，就地坐下，回她訊息。

岑風：『怎麼了？』

上天摘星星給你呀：『別的小朋友都有簽名專輯了，我沒有QAQ！』

岑風：『沒有。』

上天摘星星給你呀：『（截圖）不要以為我不知道！』

岑風：『這不是小朋友。』

岑風：『我只有一個小朋友。』

上天摘星星給你呀：『昂？』

岑風：『小朋友現在在家嗎？我過去送簽名專輯給妳。』

許摘星：『……』

糟糕，是心動的感覺。

小朋友打了雞血一樣，開著她的小車車一路風風火火來排練的劇場接他。

等岑風換好衣服，跟劇組演員們告別出來後，許摘星已經到了。

她今天穿了件嫩黃色的毛衣，駕駛座的椅背上掛著白色的羽絨服，正趴在方向盤上拿手機看菜譜。

岑風拉開駕駛座的門，車內淺淺的雪松冷香飄進寒風中。

還有幾天就要過年，B市下了雪，到處一片銀裝素裹。

他卻不覺得冷，低笑說：「下來。」

許摘星拿著手機乖乖下車，跑到副駕駛座坐好。

岑風坐到駕駛座，那件白色的羽絨服還搭在他身後，往後靠時，帽子上大片絨毛掃過後頸，聞到屬於她身上的淡香。

他發送車子，許摘星開心地說：「哥哥，我學了一個新菜，佛跳牆！等一下做給你吃好不好？」

岑風聞言偏過頭：「我看起來又瘦了嗎？」

不然為什麼總是做這些大補品給他？

許摘星仔仔細細看了看：「沒有瘦。」她有點不好意思地一垂眸，「就是想給你看看我新學的菜。」

岑風竟然聽出她的潛臺詞。

雖然我打遊戲不怎麼樣，但是我學菜很快，我還是很厲害的！

他眉眼都是笑：「好。」

他過來是臨時決定，許摘星家裡做菜的材料不足，不過兩人駕輕就熟，把鑰匙交給岑風讓他先回去，她穿好外套去超市買菜。

臨走前還認真地囑咐：「哥哥，不要亂動廚房的東西哦。」

岑風點點頭。

停好車之後，他戴好帽子口罩，一路坐電梯上樓，然後拿出鑰匙開門。門沒有反鎖。

年關將近，正是入室盜竊倡狂的時候，他覺得等一下小朋友回來了，有必要提醒她外出要反鎖門。

這個念頭剛閃過，門就打開了，然後他看見站在屋內端著咖啡的許延。

岑風：「……」

許延：？

兩人足足對視了十秒，許延瞳孔裡的震驚散去，眉頭卻越皺越緊，往前走了兩步，語氣不算和善：「你為什麼有鑰匙？」

這位一向對他友好的許總還是第一次用這樣的語氣跟他說話。

岑風進屋關上門，換鞋。

許延看他熟門熟路的模樣，顯然不是第一次來，更氣了。

岑風在他質問前先開口：「摘星給我的，她去買菜了。」

許延只覺得太陽穴突突地跳，頭疼地看著他：「你們在一起了？什麼時候在一起的？」

岑風淡淡掃了他一眼：「沒有。」

許延：「你覺得現在這個情景你說這話我會信嗎？」

岑風：「隨便你。」

許延：「……」

咖啡還燙著，他顯然也剛到不久。許摘星家的鑰匙除了她自己，老家的父母有一把，許延有一把，尤桃有一把。

他今天過來也是臨時起意，下午談成的那個專案需要許摘星簽名，而且他最近老是出差，有段時間沒見到妹妹了，想著過來跟她吃個晚飯。

他下午跟助理通電話的時候，知道她今天在家休假。

一進屋發現家裡沒人，但燈和電視都開著，想著她應該是臨時出門了，也就沒打電話。

許延神色複雜地看著岑風。

岑風倒還是一派冷漠的淡然，走到沙發坐下，拿起一本雜誌翻看。

許延看了他半天，緩緩意識到什麼，走過去遲疑著問：「你知道摘星跟我的關係？」

對面的人頭也不抬：「知道。」

許延：「她跟你說了？」

岑風吸了口氣，微微抬頭看著他：「她還不知道。」

許延瞳孔一縮。

許摘星這些年做了什麼他都明白，從一開始決定瞞著身分時，這個雪球就會越滾越大，一個謊言需要用無數個謊言去圓，他也無法預料岑風得知真相後會怎麼樣。

近來他也想過這件事，本來打算找個時間跟許摘星聊聊，讓她找機會告訴岑風真相，總比他自己撞破謊言好。

沒想到他居然都知道了？還是在許摘星不知道的情況下？

許延皺眉道：「你不生氣？」

岑風笑了一下，往沙發靠了靠，姿態很隨意：「我為什麼要生氣？」

許延：「那為什麼不告訴她你知道了？」

岑風：「無關緊要。」

許延：「你喜歡她？」

岑風：「不可以？」

氣氛一時間有些劍拔弩張。

就在此時，響起了敲門的聲音。

許摘星提著菜回來了。

許延皺眉看了岑風一眼，大步走過去開門。

許摘星臉上雀躍的笑意在看見她哥的時候僵在臉上，下一刻，瞳孔放大，湧上驚恐，臉色肉眼可見的白了。

我的老天鵝啊，這是什麼史詩級災難片現場。

她動了動唇想問什麼，卻發現自己一個字都說不出來。

因為岑風已經走過來了。

視線相對，許摘星下意識心虛地想躲開，然後聽到愛豆溫柔的聲音：「怎麼買了這麼多？」

他走過來，接過她手上的袋子，提到廚房去。

許摘星還傻著，被許延一把拉進來鎖上了門。

她抬手指指廚房的位置，指指許延，又指指自己，看樣子快急哭了。

許延感覺自己頭更疼了，嘆氣道：「他知道了。」

許摘星露出她想死的表情。

許延伸手推一下她的腦袋，一副恨鐵不成鋼的樣子：「在這之前他就知道了，妳太蠢了。」

許摘星：「……」

嗚。

她聽到廚房裡傳出水流的聲音，趕緊換了鞋脫了外套，一溜煙跑進去，還順手拉上廚房的門。

小空間裡只剩下他們兩個人。

岑風在洗菜。

聽到聲音他回過頭，看見她垂頭喪氣地站在門口，像犯了錯的小朋友等候發落。乖乖的。

他擦了擦手上的水，忍住笑：「過來。」

她趕緊過去。

身子有些縮，斂著頭，眼睛卻往上瞄。

看到愛豆漂亮的眼睛裡只有笑意，沒有生氣。

下一刻，感覺他溫熱的手背貼上了她的臉頰，聽到他說：「臉都凍白了。」

許摘星：……這是嚇白的。

她動了動嘴唇，囁喏著說：「哥哥……對不起。」

岑風揉了她的腦袋：「沒關係。」

許摘星：「啊？」

他已經收回手，繼續洗菜：「妳哥要一起吃飯嗎？那今天要多做幾個菜。」

許摘星：「哦哦哦，好！」

心裡卻是一片茫然。

這件事，就這麼過了？

愛豆不找她秋後算帳？

嗚，什麼人美心善的絕世神仙啊！

廚房內一片和諧，外面許延獨自坐在沙發上端著咖啡懷疑人生。特別是當他看見兩個人做好了飯端菜上桌，像一對相處已久的恩愛夫妻。

這對妹控的他來說刺激太大了。

許摘星喊他：「哥，吃飯了。」

三個人坐上餐桌。

許摘星和岑風坐一邊，許延坐一邊。

許延看看碗，又看看對面坐在一起的兩個人。

怎麼？我還成了外人？

接受到她哥不善的目光，許摘星開口解釋：「哥哥他排練太忙了，有時候會來我家吃飯。」

哥哥，喊得還挺親熱。

不知道的，還以為他是妳哥呢。

許延不說話，又把視線投向岑風。看到他神色如常，淡定吃飯，像沒事一樣。

一頓飯下來，許延幾乎沒怎麼吃。岑風明白什麼，吃完飯等尤桃一到就走了，把時間空間留給這對兄妹。

許摘星花了半個小時的時間跟她哥解釋她沒談戀愛。

又花了半個小時的時間解釋她不會跟愛豆在一起。

許延：「……」

難道妳不知道他喜歡妳？平時挺機靈的一個人，怎麼一到岑風身上就犯傻？

許延一言難盡地看著她，想起岑風之前那幾句話，最終還是什麼也沒說。

算了，讓她自己發現吧。

許延把合約拿出來讓她簽了，也沒繼續待下去。等房間裡只剩下許摘星一個人後，她終於可以開始沉思。

到底是什麼時候被發現的呢？

不可能啊，她藏得那麼好。

一定是周明昱說漏嘴了！

她要雪藏他！

第十五章　比利

一直到洗漱完躺上床，點開數位專輯ＭＶ美滋滋地看了看，許摘星才猛然反應過來，愛豆今天來她家是要幹什麼的？

簽專輯啊！

為什麼一張都沒簽就走了啊！

許摘星小朋友哭唧唧傳訊息給愛豆。

『簽名專輯QAQ……』

『下次補。』

『下次是什麼時候（捧臉）。』

『都可以。』

『哥哥，那，我能去看你排練嗎？不可以也沒關係的！我就隨便問問！』

『可以，明天嗎？』

『嗯嗯嗯！那我順便把專輯帶上！』

『好，明天見，早點睡。』

『哥哥晚安（親親）。』

『晚安。』

於是第二天許摘星高高興興帶著專輯去劇場看排練了。這還是她第一次來，看什麼都覺得稀奇。

聞行聽說辰星有兩位許總，也是第一次見到許摘星，驚訝之後沒說什麼，安排她在臺下坐著。劇組有人隨口問起，只說是朋友。

話劇演出已經非常成熟，一遍又一遍地排練只是為了加深記憶，聞行還在摳細節，力臻完美。許摘星一開始只是抱著想看愛豆的心態，卻逐漸被表演吸引進去。

她的多數注意力還是在愛豆身上。

也正是因為這樣，才能切實感受到他臺上臺下完全不同的兩種狀態。

臺上飾演比利的岑風，讓她感到陌生。

他完完全全在人物裡，一言一行，所有笑容，所有眼神，只屬於比利，找不到一絲岑風的影子。

最後一刻，他用玻璃碎片割破自己的大動脈。彩排沒有準備血包，只聽見重重的倒地聲，砰一聲，他倒在地上，眼睛睜得很大。

哪怕知道這一切只是演戲，許摘星還是心疼到有些呼吸不上來。

她有些慌亂地收回目光，不敢再看，垂著頭一下又一下調整呼吸。

她在心裡告訴自己，都過去了。

那只是演戲罷了。

過年劇組只放了兩天的假，因為三月開春，話劇就要正式公演了。而岑風趁著這兩天假期，去錄了一期時下熱門的燒腦綜藝。

從去年十一月份進入排練之後，他的公開行程屈指可數，吳志雲每天因為曝光度不夠急得像熱鍋上的螞蟻，只能抓緊一切時間安排行程。

好在二專《聽風》的銷量很好，十一首歌首首不落俗套，網路上對於《聽風》的討論和翻唱一直在持續，岑風雖然沒有露面，但作品熱度還在，不至於從觀眾視野消失。

年假一過，話劇官方帳號以及一眾主演宣傳了首場公演開票的時間地點。

首場演出在B市的大劇院，可容納四千人同時觀演。這對於正統冷門的話劇首演來說，其實算大了。

因為這是國內首演，沒有名氣也沒有口碑，類型還不符合大眾喜好，過於冷門。一般這類型的演出，首場千人館能坐滿就已經很不錯了。

劇組得知場館定在四千人的大劇院時，都很憂愁。那麼大的場地，到時候如果只稀稀疏疏坐了幾百個人，多尷尬啊。

都跑去問岑風：「你的粉絲會來看演出嗎？她們是不是只喜歡看你唱歌跳舞，對話劇不太感興趣啊？」

岑風想了想：「應該會吧。」

至少有一個人會來。

二月中旬，《飛越杜鵑窩》國內首場話劇演出正式開票。

開票三十秒內，整場售罄。

想要支持一下聞老師的網友和確實對這場話劇感興趣的觀眾看著所有票價全部缺貨的頁面，陷入深深的沉思。

風圈粉絲社群裡，沒搶到票的風箏們也陷入了深深的沉思。

四千張！

居然只有四千張！

還讓不讓人活了？這豈止是僧多粥少，這簡直是水裡只有幾顆米！

搶到票的都是什麼魔鬼手速天選之子？

哭唧唧跑到聞行的社群下面留言：『聞老師，求求下場演出來個四萬人場館好嗎？』

還在擔憂票賣不出的劇組演員們：「什麼？三十秒全部售罄？」

震驚之後，紛紛看向旁邊坐在地上淡然吃便當的岑風。

大明星就是大明星啊，不管搞什麼都有粉絲狂熱支持，看來他們接下來的巡演場地只會越演越大了。

當然除去公開售賣的門票外，劇組還留有一些嘉賓票，幾個主演都拿到了。岑風拿到三張，一張給了許摘星，一張被周明昱搶了，還有一張拍照傳在ＩＤ群組裡，讓他們剪刀石頭布，誰贏了歸誰，最後被老么何斯年成功獲得。

三月開春，《飛越杜鵑窩》在B市大劇院正式開場。

很多風箏都是第一次看話劇。這一次演出跟以往不一樣，她們不需要應援，只需要安靜觀看。

每個人的手腕都戴著橙色手花，那是屬於她們的標誌。

觀眾大概有百分之七十都是風箏，剩餘的百分之三十是普通觀眾。入場的時候看到好多年輕女孩手上都有漂亮的手花，還以為是劇組發的，也想去領，問了半天才知道那是人家粉絲的專利。

入場之後，劇院恢弘大氣，舞臺前垂著黑色幕布，後臺已經在準備。演出一共五個多小時，分為上下兩場，中間有二十分鐘的休息時間。

許摘星的嘉賓票在第二排，三張連票，跟周明昱、何斯年坐在一起。她擔心被風箏認出來，沒有提前入場，一直站在洗手間的走廊處跟幾個粉絲聊天。

凡是領過手花的人都認識她，開心地問：「若若，妳坐第幾排啊？」

許摘星靦腆地說：「第二排。」

風箏：「我靠！妳這是什麼魔鬼手速？」

許摘星：「畢竟是單身二十幾年的手速。」

幾個人聊得正開心，背後突然傳出幾聲克制的尖叫，幾個人紛紛回頭，看見穿著病服的岑風跟一個同樣穿著病服的老人說說笑笑走了過來。

這裡是內場洗手間，有時候後臺的洗手間不夠用，演員也會到這裡來。在場的幾個風箏都快瘋了，捂住嘴努力克制著，想靠近又遲疑，激動地站在原地喊他。「哥哥！」

「寶貝啊！」

「哥哥好久不見！」

「哥哥等等表演加油！」

「要照顧好自己啊！」

岑風也看見她們了，停下來笑了笑，嗓音溫和：「嗯，會加油的，謝謝你們能來。」

「不謝不謝！謝謝你的表演！」

「一家人不說謝！」

他一一點頭，目光掃過許摘星時，笑容更深，轉而將視線落在離他最近的那個女生的手腕上，他說：「手花很漂亮。」

等他一進去，外面的粉絲才暴露本性，像無聲尖叫的土撥鼠一樣又蹦又跳，最後對許摘星說：「若若！妳的周邊又被哥哥誇了！」

風箏在洗手間偶遇上廁所的愛豆的消息很快在社群傳遍了，沒搶到票的酸成了檸檬，明明在現場卻錯過的人更是後悔得捶足頓胸。

一時間洗手間爆滿，但一直到開場，岑風都沒有再來過了，大家只能乖乖做回座位，準備開始看演出。

她們並不知道愛豆今晚會帶來什麼樣的表演，她們從未見過他演戲，雖然能通過聞行的考驗，但沒親眼見過，內心還是七上八下的。

直到開場之後，她們看見完全陌生的愛豆。

明明還是那張驚為天人的臉，明明還是那副好到爆的身材，但當他穿著病服，頭髮亂糟糟的，手裡拿著一副撲克牌回過頭，結結巴巴地跟主角說話時，她們好像在看另一個人。

那個叫比利的少年。

他嚮往愛情卻自卑怯懦，他口吃不能流暢表達，眼睛卻能表達豐富的情感。他想要躲避這個世界，卻又想探索這個世界。他想像大人一樣活著，眼裡卻始終有孩子的純真。

這是一個悲劇性的人物。

當他跟女伴坐在夜幕的長椅下看星星時，他被踐踏被輕蔑被踩在腳下的愛情和尊嚴，再次回到他身上。

當扮演護士的瑞秋問出那句話，她說：「比利，你不為此感到羞恥嗎？」

一直以來口吃的比利這一次流暢又驕傲地大聲說：「我不覺得，我本不該為愛情感到羞恥。」

全場掌聲雷動。

他本該從此獲得愛情和自由。

可事實總不讓人如願。

瑞秋繼續逼問：「比利，我比較擔心的是，你母親能接受這個事實嗎？」

笑容和自信在他臉上消失。

他的眼神開始閃躲，幾次埋頭，幾次動唇，又變回了那個怯懦口吃的比利：「不……

妳……妳……妳不需要……告訴她……」

瑞秋笑了起來：「我不需要嗎？可我們是老朋友了，你在我這裡進行治療，我有責任告訴她你的所有行為。」

觀眾在那個叫比利的少年臉上看到了氣憤、掙扎，和最終妥協的懦弱。他哆哆嗦嗦地懇求她：「請……請不要告訴……告訴……我的母親，拜……拜託妳……」

他已經說不出話了。

憋紅了臉，憋紅了耳朵，也只能吐出幾個「不」的音節。

表演太真實，所有觀眾切實感受到他無望的掙扎。

直到最後那一刻，他摔碎了液體瓶，用玻璃碎片毫不猶豫割破了自己的大動脈。這一次正式表演，用上了血包。

許摘星看到飛濺而出的鮮血。

他重重倒下，砰一聲，在安靜的劇院久久迴盪。血從他脖子下面流了出來，他還睜著眼，睜得很大。

眼睛裡充滿了不甘和解脫。

那本是一雙純粹的像孩童一樣的漂亮眼睛。

所有粉絲捂住嘴哭了出來。

她們早知愛豆出演的是一個悲劇性的人物，可當他真的演出來，當他在她們面前以這樣慘烈的方式自殺死亡，那樣的衝擊沒有任何一個真正愛著他的粉絲可以抵擋。

許摘星已經泣不成聲。

踮著腳尖支起雙腿，將腦袋埋在膝蓋上。

她比任何人都要難過。

沒有人知道，她曾真的經歷過他的死亡。

周明昱和何斯年在旁邊手忙腳亂地安慰她，「別哭啊，是假的啊，是演戲啊！」

岑風的戲份已經結束，怕被發現身分引起圍觀，三個人趁著還沒開燈摸黑退場。尤桃等在外面，把他們帶到後臺。

岑風已經在卸妝了，坐在休息室，有個助理幫他清理脖子上的血跡。

周明昱衝過去一把抱住他：「風哥！你太厲害了！演技真好！」

何斯年把屋外那束花抱進來：「隊長！送給你的！表演太成功了。」

他還穿著病服，衣服上沾著血跡，笑著跟兩人說了幾句話，然後轉頭看向一直坐在旁邊默默不語的許摘星。

她眼睛紅紅的，像小兔子。

岑風走過來，摸摸她的腦袋：「怎麼哭了？」

許摘星一聽他說話更想哭，只能拚命忍著，哭腔有些軟：「都怪你演得太好了。」

他微微俯身，大拇指輕柔地揩過她眼角，柔聲說：「嗯，怪我。」

那語氣太寵溺，許摘星的心臟撲通撲通，一下子沒那麼難受了。

周明昱在後面手舞足蹈：「今晚我請客！慶祝風哥首場演出成功！要吃什麼隨便點，不用跟我客氣！」

岑風笑了一下，回頭說：「今晚沒時間，應該要跟劇組一起慶祝，改天吧。」

是該慶祝。

首場演出，不負他們四個月來的辛勤排練。

表演結束之後，不能拍照錄影的觀眾們這才拿出手機對著已經落幕的舞臺拍了張照片，上網感慨兩句觀影心得。

『有點壓抑，但又符合常理，要是麥克逃出去就好了。演員演技都很好，比利死的時候全場哭得那叫一個慘。』

『查了一下，演比利的是個大明星，叫岑風。演技真的太好了，我完全被帶進去了，聽說這還是他第一次演戲，厲害。』

『對不起我不應該笑，但是今晚場大部分都是岑風的粉絲，岑風演的那個角色自殺的時候我前後左右的女生全部都哭慘了，我本來也挺難過的，被此起彼伏擤鼻涕的聲音逗笑了。』

『為我之前黑過岑風是話劇攪屎棍道歉，演得很好。』

『居然是BE，太影響心情了，現在都沒恢復過來，要去吃頓夜宵調節一下。』

『比利好帥啊，聽說是個唱跳愛豆，現在的愛豆，演技這麼好的嗎？』

網上路人觀眾的評價清一色都是誇的，而在風圈粉絲社群只有兩句話。

『太好哭了，心疼寶貝。』

『演技超強，誇就是了。』

今晚首演劇組還專門邀請了部分媒體，演出結束後，各大媒體紛紛就今晚的表演上傳劇照和新聞。

因為岑風的流量身分在那裡擺著，他這個角色又十分慘烈，所以媒體大多都把焦點聚集在他身上，報導裡對他的著墨也最多。

都在誇他的演技。

人們對於流量出身的唱跳愛豆潛意識中帶著偏見，總覺得他們就是靠臉吃飯，什麼都做不好。所有路人和主流媒體同時誇一個流量藝人的演技，這在圈內還是少見的。

之前網友們對於岑風去參演話劇這件事表示支持，但並不代表他們相信他的演技。看到大家都在誇，想去找影片看看。

結果沒有，因為不能錄影。

只有一些劇照。

照片裡的岑風穿著病服羞澀又自卑地笑，和他們平日看到的氣場全開的舞臺王者截然不同。

反差萌最是引人好奇。

大家紛紛表示，下場演出什麼時候？想親眼去見識見識。

留守風箏：你們見識個屁，我們都還沒見識到！

首場演出的成功，已經預示了接下來的火爆。

不日之後，話劇官方公布了接下來半年時間內的演出計畫。每個月的哪幾天在哪個城市表演都已經安排得明明白白，因為話劇的排演工程量很大，需要提前安排。

考慮到岑風帶來的人氣以及如今網路上的反響，劇組增加了比原定計劃多一倍的場次，因為話劇場館的侷限性，只能以加場的方式來分流，依舊是開票就售罄。

每一場演出結束，被提到最多的名字都是岑風。流量本身自帶熱度，更何況他的演技還如此精湛。

圈內那些視岑風為眼中釘的人本來因為他主動放棄資本市場跑去演話劇還高興了很久，

但隨著話劇一場場巡演，越來越多的人誇他的演技，越來越多的導演明星去現場看劇。

他們開始意識到，這個人或許要徹底躍過流量那道門檻了。

從三月首演到八月盛夏，半年時間，岑風跟隨劇組走遍全國各地，收穫了無數的鮮花和掌聲。

而他走到哪，粉絲就跟到哪。

她們說要一直陪著他，不管他走的是什麼路，她們永遠跟隨。

一直到夏末，話劇的場次才終於漸漸減少下來。話劇雖然火爆，但其實有一大部分原因都是因為風箏。岑風帶來的人氣和熱度不可估量，令這場正統冷門的話劇著實熱門了一把。

比利這個角色換任何一個人來演，這場話劇都達不到現在這個知名度。

還是題材的問題，畢竟在現代各種壓力之下生活的人們，並不喜歡在觀看演出放鬆身心的時候，被壓抑的表演內容和悲慘的結局影響心情。

他們看表演是為了放鬆，又不是找虐。

這大半年來，岑風除了演話劇，其他行程屈指可數。只參加過一次頒獎典禮，兩場商演，還寫了一首歌，叫〈瘋子的世界〉。

洪霜聽到 demo 的時候誇他的歌曲心境又提升了不少。

儘管話劇進行得如火如荼，但再怎麼火爆也改變不了受眾小的事實。岑風只在一開始的時候因為演技上過兩次熱搜，後來就沒什麼人關注了。

娛樂圈的新聞層出不窮，這半年的時間，圈內又出了好幾個唱跳愛豆，都是選秀出身，相貌實力樣樣皆有。哪怕岑風如今好評如潮，也擺脫了流量這個標籤，但不可否認的是，他的熱度同時在減退。

吳志雲痛心疾首地把手機交給他看：「明星勢力榜都從第一掉到第三了！你曾經霸榜一年啊你知道嗎！你再看看現在，你曾經打下的江山，都被別人蠶食了啊！」

岑風：「音樂榜呢？」

吳志雲：「哦，還是第一。」

岑風笑：「那不就行了。」

吳志雲瞪他：「行什麼行！就你現在這樣，遲早從上面下來！」

他拿出一份計畫表，「反正現在話劇場次也沒那麼頻繁了，其他通告也可以接起來，我們爭取在年底重新把你的流量送回巔峰！」

岑風頓了頓：「恐怕不行，我接了一個舞臺劇。」

吳志雲：？？？！！！

他瞪著岑風，岑風略帶抱歉地看著他，吳志雲覺得自己的心好痛：「老闆，我喊你老闆了，你到底要做什麼？你是打算從今以後退出演藝圈到話劇圈發展嗎？」

岑風笑了下：「倒也沒有。舞臺劇跟音樂相關，我想試試新的音樂形式。」

吳志雲一把握住他的手，情緒激烈道：「我知道你是想提升實力，但提升實力和保持流量不衝突啊！你聽吳哥一句，站上頂流巔峰真的不容易，多少人想往上爬，你怎麼還想往下走呢？我現在不是想讓你往上衝，只是希望你能保持，保持你懂嗎？」

岑風：「……」

吳志雲痛心疾首地看著他：「何況你總要賺錢吧？拋棄了流量就等於放棄了市場，你賺不到錢，以後怎麼娶老婆？你知道養大小姐多費錢嗎？」

岑風：？

吳志雲：？

我是不是說漏嘴了？

岑風看了他半天，要笑不笑地問：「你們喊她大小姐？」

吳志雲：「我沒有，我不是，我聽不懂你在說什麼。」

兩人對視片刻，岑風挑眉笑了下，伸手拿過桌上的計畫表：「什麼行程？」

果然還是搬出大小姐最有用！

吳志雲臉上一喜，立刻道：「你放心，影視劇那些我沒幫你談，絕對不會耽誤你的時間。主要是這個，你看看，這個綜藝我非常看好。第一它是直播的形式，非常新穎，曝光度也高，你現在正是缺曝光度的時候。第二，這個綜藝是有獎勵的，每一期會有投票，等十二期結束，得票數最高的人將獲得年底國際時尚週的邀請名額！」

吳志雲興奮地搓小手手：「這可是享譽國際的紅毯秀，每年去的都是好萊塢的大牌，你看往年國內能有幾個受邀明星？翻來覆去就是那幾個老牌的國際影帝、影后，這可是求都求不來的頂級時尚資源啊。」

他眼神發光：「參加一個綜藝，既有了曝光度和流量，又有了時尚資源，一箭雙雕，美滴很啊！而且這綜藝一週錄一次，一次只有一到兩天，你完全有時間排你的舞臺劇，不衝突！」

岑風翻了翻計畫書，笑著說：「名額只有一個吧？最後勝出的也不一定是我。」

吳志雲一瞪眼：「對自己自信一點！」瞪完了，又一臉期待地看著他：「怎麼樣？行不行？你點個頭，我就回覆那邊了，早點把名額定下來，合約簽了。我打聽到不少藝人都在搶這個綜藝。」

一週錄一到兩天的話，確實不太會耽擱他的排練。吳志雲說的話他其實都懂，想了想，點頭應了。

吳志雲頓時喜上眉梢，碎碎念著「這可是大投資啊」，拿著電話趕緊出去回覆節目組了。

岑風又把計畫書拿起來看了看。

這檔綜藝叫《明星的新衣》，將擬邀五組嘉賓，明星和設計師搭檔為一組，玩遊戲闖關完成任務。

每一關結束嘉賓都有一次選擇造型所需物品的機會，包括化妝品、布料、衣物、鞋子等都在其中。等所有關卡結束，設計師必須利用遊戲得到的材料來為明星做造型，有什麼用什麼，缺什麼也不能補。

最後現場會對明星的最終造型進行投票，等十二期錄完，所有票數相加最高者，將獲得國際時裝週的邀請名額。

最重要的是，這個綜藝是直播。

目前國內直播形式的綜藝還是偏少的，直播就意味著沒有剪輯和臺本，還原最真實的畫面。而且是每週六下午一點開始，正是人們在家休息的時候，流量也高。

觀眾對於新形式的綜藝總是很好奇。

這綜藝說到底，其實就是一個戶外競技真人秀。透過遊戲將光鮮亮麗的明星搞得蓬頭垢面，最後再利用搜集到的物品改頭換面，集競技、搜集、換裝為一體，爆點還是很足的。

岑風翻到最後一頁，看到上面例舉了擬邀的設計師資訊。

許摘星的名字赫然在其中。

他不由得有些想笑。

現在這些主辦方，真是什麼都敢往上寫。

除去許摘星外，剩下的名字他沒怎麼聽過，不過看介紹，也都是設計造型圈內大名鼎鼎的人物，足有十餘個。

吳志雲打完電話回來，美滋滋地跟他說：「確定好了，明早就簽合約。」

岑風點點頭，又把最後一頁推過去，示意他看。

吳志雲順著他的手指看到大小姐的名字，頓時哂笑道：「他們也就只敢在這擬邀。大小姐不可能去的，她最不喜歡露面了。」

這個綜藝既然是奔著國際時尚週去的，那嘉賓的咖位必然不會低。

不日之後，預熱了很久的國內首檔戶外直播綜藝《明星的新衣》宣布了嘉賓名單。

第一位是岑風。

第二位，性感女神鄭珈藍。鄭珈藍是如今中天旗下最紅的女藝人，以一部民國劇出道，穿旗袍的照片風靡全網，當年被評選為身材曲線最好的女明星。鄭珈藍走的是高級路線，很少錄綜藝，這算是她的處女真人秀。

但很少人知道，她跟一位豪門糾纏不休，對方還是有老婆的。之前中天不願跟岑風和平解約，許摘星上門的時候以此威脅過對方。

第三位跟岑風是熟人，曾是他在少偶的導師，寧思樂。寧思樂的人氣不算低，但似乎很難再有突破。他現在正轉型走小生路線，需要高曝光度。

第四位叫袁熙，一直自詡為趙津津的對家，通告互踩了不知道多少次，但無論人氣還是熱度都比不上趙津津。如今趙津津已經是大銀幕常客了，袁熙還在一、二線小花邊緣掙扎。她的資源其實不錯，但時尚方面總差那麼一點，她一直覺得自己是因為時尚資源太虐才比不上趙津津，這次應該也是為了國際時裝週才會來參加這個綜藝。

第五位是年少出道，如今活躍在各大偶像劇中的小生詹左。提到偶像劇男神，沒有人不想起他的。詹左現在已經二十八歲，急需擺脫偶像劇的標籤，想往正劇和大螢幕上轉，但轉型之路不容易，他也是奔著國際時裝週來的，打算借時尚紅毯秀提升咖位。

五個人流量人氣都不低，一經官宣，迅速引起全網關注。

只不過設計師的名單一直沒有公布，官方說要等直播當天揭曉。網友們對於設計師也不care，反正又不認識，熱情地討論這五位嘉賓。

官宣一出，各家粉絲都在控評宣傳。特別是風箏們，愛豆已經快有一年沒接過曝光度這麼高的行程，這綜藝還是直播，每週又可以看到新鮮的愛豆，都激動瘋了。

激動的結果就是，之前掉到第三名的明星勢力榜又回到第一名。

距離正式錄製還有半個月的時間，岑風拿到節目組給的接下來兩個月的錄製行程，跟話劇和舞臺劇這邊對了時間，各自錯開，互不影響。

這半個月他沒再接其他活動，開始排練新的舞臺劇。

這齣舞臺劇叫《王子和玫瑰》，是聞行在中戲的師妹余令美導演的原創劇本，舞臺劇的風格偏暗黑童話，是她很多年前創作出來的劇本。

她一直在尋找既有演技又有顏值會跳舞還會唱歌的主演，但哪有那麼容易，余令美是個精益求精的完美主義，找不到情願不拍，直到去看《飛越杜鵑窩》時，看到了岑風，她一直想要的王子才終於有了人選。

她還專門買了岑風的專輯，聽完之後讚不絕口，有聞行在中間牽線，事情很輕鬆地成了。岑風看完劇本很喜歡，還答應幫余令美已經寫好的主題詞作曲。

舞臺劇跟話劇又不一樣，更注重情緒和肢體的表達，唱跳演必須一體。好在岑風三個方面都很出色，排練也進行得非常順利。

半個月時間一晃而過，很快迎來了《明星的新衣》第一期錄製。

因為是直播，五位嘉賓都是早上就到了，錄製地點在國內非常著名的一個品牌工廠裡。嘉賓見面一陣寒暄，岑風只跟寧思樂比較熟，禮貌地跟他打招呼：「寧老師好。」

寧思樂親眼看著他怎麼從一個默默無名的新人一步步走到如今的地位，心裡感慨萬千，還有些不可說的小嫉妒，但面上還是一片笑意：「好久不見。」

鄭珈藍性格高冷，有些傲氣，只是略一點頭算作招呼就回自己的休息室了。

袁熙倒是很甜，跟詹左一樣性格外向，話比較多。嘉賓在節目組的安排下一起吃了午飯，就回各自的休息間化妝造型，準備開始錄製。

回到休息室時，許摘星和尤桃在裡面等著。

剛才過來的時候她戴著帽子和口罩，現在都摘了，半躺在沙發上玩手機。看他回來，乖乖坐起身子，開始準備化妝箱。

第一次出鏡，自然是要光鮮亮麗，要跟玩完遊戲之後的狼狽形成鮮明對比。許摘星是他的個人造型師，也就跟著一起來了。

岑風問她們：「吃飯沒？」

尤桃說：「節目組送了便當，吃過了。」

他透過鏡子看著許摘星：「便當味道怎麼樣？吃飽了嗎？」

她拿著粉撲撣了撣，「吃飽啦，我又不挑食。哥哥閉眼。」

岑風笑了一下，閉上眼。他今天的穿著比較休閒，許摘星打算幫愛豆搞個校草風，妝不必太濃，突出五官就好。

一邊化一邊有些擔憂地問：「哥哥，那幾個嘉賓好相處嗎？」

鄭珈藍和袁熙都是愛搞事的，跟辰星不合，另外兩個男嘉賓跟岑風關係也不算熟。愛豆雖然不承認，但許摘星覺得他有點社交恐懼，何況等一下還要跟陌生的設計師合作，她不由得擔心他在鏡頭前的心理狀態。

岑風溫聲道：「都不錯，不用擔心。」

許摘星還是不放心，做完造型又認真交代：「哥哥，一切以你的意願為主，如果有什麼讓你覺得勉強了，就不要做！」

她一臉嚴肅地拍拍自己胸口：「一切有我！」

岑風挑了下眉，轉過頭，微微湊近要笑不笑地說：「大小姐，這麼威風啊？」

許摘星唰一下臉紅了。

手足無措地往後退兩步，結結巴巴說：「你……你不要亂喊！」

岑風歪著頭：「別人可以喊，我不可以？大小姐針對我嗎？」

許摘星捂著耳朵瘋狂搖頭：「啊啊啊不可以你不許再喊了我不聽啊啊啊啊！」

尤桃在旁邊差點笑死。

岑風忍俊不禁，起身走過來摸一下她的頭，「好了，不喊就是了。」

許摘星撇著嘴委屈兮兮地看著他。

工作人員來敲門，喊到：「直播還有十五分鐘開始，準備去錄製現場了。」

岑風用眼神詢問許摘星，她臉上的緋紅還沒退，小聲說：「我不去了，現場人太多。我就在這等你，用手機看直播。」

岑風點頭，跟尤桃一起前往現場。

這一次的錄製地點設在工廠內。工廠很大，節目組在裡面搭了非常多的關卡場景，到現場的時候，攝影機器已經架好了。工作人員過來幫他們戴麥，順便講了一遍臺本。

現場在準備，螢幕前的觀眾也早早守在直播間。

這五位嘉賓名氣太大，綜藝的形式也足夠新穎，吸引不少觀眾，直播間的人數早就超過一千萬。

各家粉絲都在刷自家愛豆的名字，即時留言滾滾不斷，非常火爆。

一點鐘，直播正式開始。

畫面裡出現五位並排而站的嘉賓，一一跟觀眾們打招呼，留言也都熱情地回應著。

『岑風啊啊啊啊啊啊啊啊！』

『哥哥今天是走校園男神風嗎，造型我太可以了！』

『珈藍好美啊！可鹽可甜的仙女小姐姐！』

『樂樂怎麼感覺一副沒睡醒的樣子？』

『岑風這顏值太絕了，把另外兩個人的光芒都蓋住了。』

『拉踩檢舉哦。』

『披皮黑閉嘴吧，我家從不拉踩。』

『專心看帥哥！是寶貝今天的顏不好舔嗎！』

有留言的地方，就有黑粉和吵架。

私底下不怎麼交流的幾位嘉賓在鏡頭前倒是表現得有說有笑，現場氣氛非常融洽且歡樂。只有岑風一如既往不愛說話，不過觀眾早就知道他的性格，也都習慣了。

現場錄製已經開始。導演宣布規則，但設計師還沒出現，在嘉賓們面前的桌子上，擺著五件物品，導演說：「這五件物品，分別屬於五位設計師。你們自行選擇，然後進行配對。」

五件物品分別是一包洋芋片，一個毛茸茸的小熊，一個滑雪橇，一個耳機，一杯紅酒。

鄭珈藍左右看了一下，率先走上前：「我喜歡吃洋芋片，我選這個。」

袁熙也上前兩步：「那我就選紅酒啦。」

詹右無奈地看著剩下的兩位男同伴：「那那個小熊，你們誰要？」

寧思樂：「我是直男，我不要，我選雪橇！」

最後只剩下小熊和耳機，詹右看向岑風，岑風淡淡笑了下：「你選，我都可以。」

詹右嘆了一聲氣：「算了算了，我年長，吃點虧也沒什麼，我就選你們都嫌棄的小熊了。」他拿起來摸了摸，笑道：「手感還不錯。」

留言都在誇他性格好。

岑風走上前把耳機拿了過來。

物品選完，接下來就是設計師出場了。

藝人咖位這麼高，設計師的身分自然也不低。觀眾對於常居幕後的設計師並不瞭解，每走出來一個，導演就拿著大聲公在旁邊宣讀他的身分和成就。

跟鄭珈藍配對的設計師叫ＫＫ，長得還不錯，一頭大波浪捲髮，很有氣質，是Shock潮牌的創始人。

觀眾一聽Shock潮牌，都在留言上『哇』，畢竟當代年輕人，誰沒穿過Shock呢！Shock在國內非常有名，在時尚圈的份量也很重。

而寧思樂配對的設計師則是一名金髮碧眼的外國帥哥，法國人，國外知名設計師，叫

Cheney。他的名字大家很陌生，但是他創辦的女包品牌卻是國內女生爭相購買的。

出來一個，留言就哇聲一片。

最後出來跟岑風配對的，則是一名乾瘦的男子，穿著十分花哨，有股流裡流氣的感覺，還畫著紅色的眼影，叫黎陽。他雖然不像其他幾名設計師名下都有品牌，卻曾經是四大刊之一《紅刊》的首席造型師。

五位設計師來頭都不小，能力也不容小覷。組隊完成，互相認識，換上各自隊伍的隊服，今天的錄製就開始了。

節目組設置的關卡都不簡單，需要上跑下跳爬梯過杆。在各關的終點處擺著一個大箱子，箱子裡放著造型需要的工具，每一組每一關只能選擇三件物品。

誰先完成任務到達終點，誰就可以優先選擇。裡面的物品當然也是有好有壞，有衣服也有純布料。

總的來說，節目還是很有看頭的。

而在休息室捧著手機看直播的許摘星看著螢幕裡那個乾乾瘦瘦穿著花襯衫的黎陽，卻皺起了眉頭。

黎陽的名字，她聽說過。

在時尚圈名聲不算好。

他的造型風格非常有個人特色，而且喜歡劍走偏鋒，搞那種吸引噱頭的造型。之前他在《紅刊》當首席造型師的時候，有好幾個明星的首封都毀在他手上。

因為造型太奇特，一般人hold不住。

而且這個人的脾氣不好，絲毫不允許別人質疑他的審美和作品。

更重要的一點，許摘星曾經聽說過他吸毒的傳言。是不是真的她不知道，但愛豆跟這麼樣的人組隊，她極不放心。

整個直播期間，她的心都是揪著的。

黎陽的體力跟他乾瘦的身材成正比，完全撐不住，跑不了多遠就大喘氣。很多關卡和任務都是需要兩人同時完成的，岑風不得不停下來等他，還要揹著他過他不敢走的獨木橋。

一來二去，進度落後於其他組，造型物品也沒選到幾件好的。

不僅許摘星，所有看直播的風箏都快氣死了，在留言上吐槽黎陽的人也不少，說他的體力還不如KK一個女生好。

等所有遊戲關卡結束，岑風之前換上的橙色隊服已經髒得不成樣子，頭髮臉上都是灰。

當然其他組的嘉賓也差不多，這個時候，就要開始變裝環節了。

岑風這一組拿到的工具和材料最少。

而且黎陽選擇的服飾花花綠綠，騷氣到不行。等岑風洗完澡，換上了黎陽為他準備的綠色襯衫和一條黑紅相間的半身長裙。

許摘星：「……」

風箏：「……」

沒眼看。

黎陽並不覺得有什麼不對，用搶到的化妝品繼續幫岑風化妝。他們只拿到了口紅和粉底，好在岑風底子好，黎陽幫他鋪了一層粉底後，居然用口紅幫他畫眼線。

他也是厲害，用口紅的邊緣在岑風眼角處畫了一枝蜿蜒的花，清貴的少年一下子多了絲妖異。他又用白色絲帶把綠襯衫下擺攏在一起綁了個蝴蝶結，白絲帶垂在腰側，岑風勁瘦的腰線露出半吋，若隱若現。

留言都驚呆了。

『怎麼……還有點好看呢？』

『好歹也是《紅刊》的首席造型師。』

『不是我說，這造型，也只有岑風 hold 得住。』

『岑風好像妖豔賤貨哦，對不起沒有罵人的意思 QAQ。』

『明明像一隻發騷的公孔雀！對不起我也沒有在罵人。』

『這個造型真的傷眼睛，恕我不懂時尚。』

『之前我家上《紅刊》首封，就是他做的造型，醜到不行，洗不掉的黑歷史，也不知道這種人是怎麼在時尚圈活下來的。』

『也別這麼說吧，我覺得挺好看的，很騷，很妖。』

『我的小王子QAQ敲你媽。』

#岑風騷孔雀造型#一路飛奔上熱搜。

因為很多都是截圖，表情姿勢很容易截到醜圖，再加上這奇葩的造型，豈止是傷眼睛可以形容。

岑風的顏值是從出道誇到現在的，現在一看他這個造型，網友差點沒被笑死。黑粉趁機出來亂，說他以前的顏值都是靠化妝造型，現在終於露出真面目了，是個醜八怪！

風箏們心好累，一邊看直播還要一邊反黑。

到最後，連梗圖都出來了，圖上面的岑風穿著綠襯衣化著紅眼線，應該是偏頭的動作被截下來了，五官有些扭曲，配字說：你看我騷嗎？

風箏差點氣死，直播都不看了，開始進入一級反黑狀態。

本來她們也不喜歡愛豆這個造型，但現在黑圖滿天飛，沒辦法，只能去截圖好看的狀態，用正常圖和影片剪輯洗廣場。

而節目裡，所有嘉賓造型完畢，也進入到最終的走秀投票環節。

因為這一次錄製地點在工廠，所以投票的人就是這個工廠裡的兩百名工人。

寧思樂一看到岑風的造型差點笑趴了，這裡面也只有他能跟岑風說笑幾句，捂著肚子問：「你怎麼穿成這樣了？」

留言：『寧老師說這不是我認識的那個學生。』

黎陽還在旁邊不開心地問：「笑什麼？不好看嗎？」

寧思樂憋著笑，豎了個大拇指：「好看。」

岑風：「……」

幾個嘉賓看到他都是一副憋笑的表情，岑風想到自己還要和這個人合作十一期，頭有點疼。

但是沒想到是，這個奇葩的造型在最終的投票環節居然得到了五十七票，位居第二，只比得第一的鄭珈藍少了三票。

第三名的袁熙也才四十票。

節目組去採訪了工人，得出原因，一是因為岑風長得帥身材好，二是因為他們覺得這個造型太搞笑了，出於好玩投的。

這就是黎陽能在時尚圈活下來的原因。

他的劍走偏鋒永遠是最大的噱頭。

第一期直播結束，《明星的新衣》話題高居第一，而其中又以岑風的討論度最高。相關熱搜都跟岑風有關，因為他這個造型實在是太奇葩了，而且跟他以往的形象完全不同，關鍵是他還hold住了。

最後穿著這套衣服在工廠裡的紅毯上走秀時，面色淡定氣質淡然，網友說他彷彿是在走嬋娟。於是#佩服岑風的心理素質#又上了一次熱搜。

第一期播出後，話題和熱度都在岑風身上。

吳志雲也不知道該喜還是該愁。

他是喜樂參半，而另一頭卻只剩下愁了。

中天辦公室內，鄭珈藍把手機砸在辦公桌上：「全部都是討論他的！熱度全部在他身上！我自降身分來參加這個綜藝，是為了給他作配角的嗎！」

高管連連安慰：「只是第一期，岑風的人氣本來就高，也是因為這期這個造型太獨特才會這樣，票數還是妳第一嘛。」

鄭珈藍：「你還跟我提票數！他只差我三票！萬一接下來的節目，他期期都搞這種噱頭怎麼辦？等到錄製結束，是要我把紅毯秀的名額讓給他嗎？」

高管道：「怎麼可能讓給他，名額本來就是妳的，噱頭能用一次，用不了第二次，妳不用這麼擔心，下期我保證熱度回到妳身上。有KK在，妳還擔心她比不過那幾個設計師嗎？」

鄭珈藍陰沉著臉，想了想冷聲道：「不行，不能放任他這樣下去。他跟我只差三票，必須要靠下一期澈底拉開距離。」

一週時間一晃而過，週五傍晚，岑風結束舞臺劇排練從劇院出來，回家收拾一番就登上了前往第二期錄製城市的飛機。

這一次的錄製在南方一個小城市，聽說是在一個小村鎮裡，鄉下蚊子多，又不好玩，岑風沒讓許摘星跟著，只帶著尤桃過去了。

下飛機時過了晚上九點，節目組派車把他接到安排好的酒店。到的時候其他幾名嘉賓也都到了，岑風的房間和黎陽在隔壁，兩人雖然合作了一期，但私下並沒有留聯絡方式，在電梯內碰到，也只是淡淡點了下頭。

黎陽打著哈欠，一副沒睡醒的樣子，手裡拿了瓶礦泉水，踩著拖鞋進了屋。

一夜無話，第二天睡醒吃過飯，節目組安排車子把人接到這次錄製的小村鎮。村口大群村民已經等著了，敲鑼打鼓的歡迎他們。

下車之後，五組嘉賓各自去帳篷裡換隊服，準備直播了。

黎陽跟岑風在同一個帳篷，正是夏天，大家都穿的薄，伸手一脫就把T恤脫下來了。岑風隨意一瞟，看見黎陽腰上一片青黑的針眼。

他瞳孔微微縮了一下，不露痕跡回過頭。

黎陽換好衣服，笑著跟他說：「怎麼樣？熱搜上得爽吧？」

岑風沒說話。

換完衣服出帳篷，工作人員開始幫他們戴麥，攝影機器已經架起來了，還有五分鐘就要正式開錄。

岑風隱隱聽到遠處的山路傳來警車的聲音，想到剛才黎陽腰間的針眼，皺了皺眉。

下午一點，錄製正式開始。

守在直播間的觀眾迫不及待地留言。

嘉賓們說說笑笑調節氣氛，導演宣布規則，現場一片和諧。突然，警車的聲音越來越近，在錄製營地旁邊停了下來。

所有人看過去。

幾名員警衝了過來，工作人員都傻了，完全不敢阻攔，只聽一名員警厲聲問：「誰是黎陽和岑風？」

問清楚人後，兩人直接被扣走了。

不僅現場，螢幕前的幾千萬觀眾也都傻眼了。

留言一瞬間覆蓋整個畫面。

『什麼情況？怎麼回事？』

『我靠，直播現場被抓，刺激。』

『風箏不要慌，聯絡工作室處理，不要亂信謠言。』

『所有風箏立刻安靜，不傳謠不信謠。』

『岑風犯了什麼罪？我靠！』

『什麼情況啊，當場被抓欸！』

直播畫面切斷了五分鐘。

#岑風直播現場被抓#幾乎不用幾分鐘就上了熱搜第一，後面還跟了一個紅色的爆字。

在家看直播的許摘星第一時間撥通了尤桃的電話：「什麼情況？」

尤桃也慌了，過了好幾分鐘才顫抖地說：『大小姐，員警說是有人檢舉他們吸毒。』

許摘星的心狠狠一沉。

她深吸兩口氣，提醒自己冷靜，沉聲吩咐尤桃：「妳現在馬上讓導演組安排車，跟上警車一起過去。他們應該會安排檢測，檢測結束會把人放出來。」

掛線之後，她又立刻打電話給辰星公關部，讓他們控制熱度，聯絡行銷號準備反撲。

最後又打給吳志雲，讓他立刻登錄工作室的帳號發表聲明，否認現在網路上的一切謠言，讓粉絲不必擔憂。

做完這一切，她打開APP，訂了最近一班去錄製城市的機票。

換好衣服妝都沒化，飛奔趕往機場。

在路上的時候，許摘星打電話給安南：「你之前說，黎陽吸毒的事，是真是假？」

安南說：『我也不知道啊，只是聽說，也沒親眼見過。』

許摘星在心裡罵了一連串髒話。

登機之前，她看了看社群，被抓的熱搜已經降到第二，而高居第一的，是#岑風疑似吸毒被抓#。

現場那麼多工作人員，又是直播，消息不可能瞞得住。

工作室雖然第一時間發表聲明否認了，但那段被抓的影片全網都看到了，根本控制不住。許摘星坐在頭等艙，起飛前打了最後一通電話給公關部：「讓手裡所有的行銷號同時放料，說是黎陽吸毒導致岑風被牽連，岑風做完檢測並無問題，已經離開警察局。」

公關部遲疑問：『可檢測不是還沒做嗎？』

許摘星厲聲道：「我說做了就是做了！照我說的去辦，聽懂了嗎！」

那頭連連答應。

這一聲吼得太大，幾名空姐都看過來。

許摘星掛了電話，往後一靠，感覺腦袋疼得快要爆炸。

她還是太大意了。

明知那個黎陽可能有問題，一開始就該想辦法把他換下來。現在該怎麼辦？那群像蒼蠅見了血的行銷號，那些黑粉，哪怕是岑風檢測無誤被放出來，也一定不會放過他。

他那麼乾淨那麼好，怎麼可以，怎麼可以跟這樣噁心的詞語掛鉤。

該怎麼辦？

應該怎麼辦？

轉移話題最好的辦法，就是換另一個更勁爆的話題。

把所有的視線和熱度，都引到自己身上來。

兩個多小時後，飛機落地，一開機就接連接到好幾通電話。先是尤桃的，激動地跟她說：『大小姐，老闆放出來了，員警說是誤抓，已經沒事了。但是那個黎陽確認吸毒，已經被扣留了。』

接著是吳志雲的電話：『工作室已經發了正式聲明，粉絲也都安撫下來了。小風的意思，是要繼續回去直播現場，妳看呢？』

然後是公關部的：『風向都控制下來了，雖然官方已經否認了謠傳，但還是有人在發文，應該是資本下場了。』

許摘星一邊叫車一邊回覆。

「妳陪哥哥回現場去，跟他說我馬上就到，再讓哥哥發文安撫粉絲，告訴她們他很快回去參加直播。」

「要錄，而且必須錄，要在直播裡澈底澄清謠言。你用工作室的名義向節目組討要說法，他們採用劣跡嘉賓，損害藝人聲譽，這件事不能善了。」

「讓行銷號爆料黎陽吸毒連累岑風被抓，聲討節目組採用劣跡嘉賓牽連藝人，賠償岑風名譽損失。」

交代完畢，最後一個電話，打給了《明星的新衣》主辦方。

一個多小時後，許摘星到達錄製現場。

岑風在她之前已經到了，不過一直在帳篷裡等著沒露面。直播還在繼續，但大家的關注點早就不在節目上了，看到岑風和工作室的社群發文，都在等著他重新露面。

留言上議論紛紛，不乏猜測，風箏們都在努力解釋。

因為提前聯絡了節目組，許摘星一下車就有工作人員迎了上來，把她帶到鏡頭外的帳篷裡。

岑風還穿著橙色的隊服，坐在椅子上玩手機遊戲。他的眉眼很淡，似乎剛才的事情只是一個無關緊要的小插曲，絲毫沒有受到影響。

聽到響動，他抬頭看過來，許摘星站在門口，努力朝他露出笑。

他的眼眸很柔軟，把手機塞回口袋裡，起身走過來，摸摸她淩亂的頭髮，嗓音又輕又暖：「擔心了吧？」

許摘星微微抬頭，蹭著他手掌，笑著說：「才沒有呢。哥哥，我們去把節目錄完吧。」

她換上了節目組給的橙色隊服。

此時距離直播結束，還有一個多小時，遊戲只剩下兩個關卡。

許摘星跟著岑風，走到嘉賓們完成關卡的位置。攝影機轉過來，許摘星看向鏡頭大方一笑。

之前留言還在討論岑風是否吸毒，下一刻全部變成：『這是誰？好漂亮啊！』

正努力解釋的風箏們隨意一瞟：嗯？這誰？好眼熟哦！

導演拿著大聲公，把其他幾組嘉賓叫到一起集合，所有人都在看旁邊的岑風和陌生漂亮的少女。

寧思樂拍了拍他的肩，後怕道：「沒事吧？」

岑風笑著搖搖頭。

導演說道：「直播前的誤會已經解開，因為節目組的疏失，導致岑風受到不必要的牽連，在這裡，我們鄭重向岑風道歉，也希望廣大觀眾不要以謠傳謠。」

鏡頭轉到岑風和他身邊穿橙色隊服的少女的身上。

全景變近景，少女的五官更加清晰。

留言——

『啊啊啊啊這個小妹妹好好看！是岑風新搭檔的設計師嗎？』

『簡直比她旁邊的袁熙還要好看！絕了，這是哪來的素人？』

『我靠靠靠靠靠這他媽不是若若嗎？』

『我瘋了我瘋了我瘋了我瘋了，真的是若若！』

『若若啊啊啊啊啊啊啊啊！若若告訴哥哥我們都在，讓他別怕！』

『那個，不懂就問，若若是誰？』

『若若為什麼會上這個節目？她是去幹什麼的？』

『姐妹們，我有個猜想……你們還記得跨年晚會時燈牌事件嗎……』

『我靠我不信，不可能……』

『等等！若若到底是誰！有沒有人解釋一下？』

導演的聲音透過失真的喇叭響起：「這位設計師將代替黎陽成為岑風接下來的搭檔，讓我們歡迎許摘星！」

留言——

『？？？？？？？？』

『？？？？？？！！！！』

『她就是許摘星？嬋娟的設計師？我靠本人這麼美的嗎？』

『許摘星不是岑風的粉絲嗎？所以她是聽說這件事臨時趕過來的？也太寵了吧。』

『這太魔幻了……若若啊……』

岑風的粉絲直接爆炸了。

第十六章　吸毒風波

『是我看錯了吧？還是我聽錯了？這不可能吧？怎麼可能啊？』

『我就說，若若那麼漂亮，必定不是一般人……』

『我靠靠靠靠！我擁有了許摘星親手設計的周邊！』

『難怪她設計的周邊都這麼好看嗚嗚嗚。』

『嬋娟設計師親手做的周邊！我彷彿擁有了一間海景房！』

『太魔幻了，小說都不敢這麼寫，我還是不敢相信。』

『@追風箏的小七，妳跟若若吃了那麼多次飯就沒發現她的真實身分嗎！』

『這位小姐妹是怎麼回事，追星的時候還記得自己是個設計師大佬嗎。』

『說好的文靜優雅低調內斂呢？看看若若的社群！她跟文靜掛鉤嗎？』

『他媽的，許摘星，啊啊啊許摘星，啊啊啊他媽的真的是許摘星。』

『我就知道！燈牌事件的時候我就說了若若可能是許摘星！沒人信我！你們不信我！』

沒人敢信。

誰能想到，那個吵架總是衝在最前線的戰鬥粉，那個每場活動都在場館外兢兢業業發周邊的大佬，那個跟她們一起追星應援打榜集資的小姐妹，就是她們不敢打擾的許摘星呢？

啊，人生，何其的魔幻。

社群跟瘋了一樣，熱搜也同樣沒閒著。

#許摘星#、#岑風許摘星#、#許摘星真容曝光#、#許摘星追星小號#以迅雷不及掩耳之勢爬上了熱搜。

辰星公關部這一次不僅沒有壓熱搜，甚至聯絡行銷號擴大熱度。

於是有關岑風吸毒的關鍵字很快被取代了，所有網友的注意力都被許摘星吸引。

許摘星這個名字大家並不陌生，雖然她已經很久沒有在大眾的視野中出現過，但人們對於她的好奇和關注，不亞於圈內的明星。

由於她太低調，連自己的嬋娟秀都不露面，至今網友都不知道她長什麼樣。雖然一直有許摘星長得很漂亮的傳言，但沒圖沒真相，大部分的人都覺得，如果真的漂亮不可能不露面，這麼藏著捏著，絕對是很普通。

但是影片裡的少女真的好漂亮啊。

她沒化妝，明顯的素顏，皮膚好身材也好，五官精巧，穿著簡單的橙色T恤，綁著高高的馬尾，青春靚麗，明豔動人。

什麼神仙，設計厲害就算了，長得也這麼好看，還讓不讓他們這些普通人活了？

在網友們的注意力被許摘星吸引的同時，不少行銷號深挖這次的救場事件。

很明顯許摘星就是去救場的。

岑風陷入吸毒事件，雖然是誤會，但對他的影響依舊十分巨大。如果沒有這一齣，第二期的直播討論度最高的一定是岑風吸毒。

但現在許摘星來了。

事件發生後三個多小時，她出現在錄製現場。

將所有焦點都吸引到自己身上。

她明明是個不喜歡曝光的人，自己的嬋娟秀這些年都不露面，慈善晚宴捐了錢人都不到場，卻在此刻，毫不猶豫大大方方出現在觀眾眼前。

這是什麼千里救愛豆的絕世佳話啊！

辰星CP黨迅速冒頭。

『終於！終於讓我們等到同框！』

『千年等一回！我們的春天就要來臨了啊！』

『是誰說我們摘星不好看！看看這個顏值，看看這個臉蛋，絕配！絕配啊！』

『這段影片你們品品，看看這兩個人對視的眼神，你們細品。』

『辰星是真的！』

『這麼好嗑的CP，你們還在等什麼？！我不管，我已經把戶政事務所搬來了。』

『橙色隊服！情侶裝！好配！我死了，這是愛情啊！』

於是＃辰星CP＃也緊趕慢趕地上了熱搜。

辰星公關部瞅了兩眼，秉持著大小姐交代的凡是能壓下吸毒的熱搜都給我頂上去，偷偷加了一把火。

好了，現在全網都知道這一小撮CP粉了。

網友：你們嗑CP的動作為什麼這麼快？

辰星黨：我們已經嗑了很久了啊！同人文都寫了幾十萬字了！快點來加入我們啊！從今天起我們就是有同框結婚照的CP黨了啊！

風箏們都沉浸在若若就是許摘星的巨大震驚中，而且還要跟工作室一起聲討主辦方損害愛豆名譽，同時繼續看直播，哪有精力掐CP粉。

於是這麼短短的時間，辰星的社群討論度上漲了十幾名，關注人數也多了十幾萬。

而此刻綜藝裡，直播還在繼續。

當導演宣布了許摘星的身分之後，其他幾組嘉賓不約而同露出震驚的表情。

嬋娟設計師，誰不知道。

居然這麼年輕，又這麼漂亮。

少女笑吟吟跟所有人打招呼：「大家好，我是許摘星，希望接下來節目錄製一切順利。」

鄭珈藍在鏡頭下笑得有些勉強，背過鏡頭之後，臉色馬上變得難看。她跟KK對視一眼，發現ＫＫ也皺起了眉。

沒有人知道，其實這個綜藝最終獲勝的人是內定的。

綜藝是鄭珈藍傍上的那個豪門投資的，就是為了推她，以及最終的國際時尚週邀請名額。請這麼多名氣大的藝人，其實只是為了營造熱度，幫她作配造勢。

選洋芋片是早就合謀好的事，節目組邀請的五位設計師中，ＫＫ是實力最強的。Cheney主要設計女包，黎陽那個風格一般人hold不住，其他兩位無功無過，只有ＫＫ作為Shock的創辦人，設計造型能力最為出眾。

雖是內定，卻也不能投票作假，但有ＫＫ在，鄭珈藍身材氣質又尤為出眾，是很容易拿到冠軍的。

但岑風的個人資質實在是太好了，黎陽那麼奇葩的造型他居然hold住了，而且上期跟她只有三票之差。

好在黎陽這個人渣有吸毒前科，鄭珈藍一直派人盯著，昨晚又發現他的不對勁，今天掐著時間檢舉，順便把岑風一起捎上，故意讓員警在直播開始後把人帶走。這樣一來，岑風不僅名譽受損，而且這一期節目還趕不回來，票數將直接跟她徹底拉開。

可誰也沒想到，他不僅趕回來了，還帶來大名鼎鼎的許摘星。

試問哪個女明星不想穿嬋娟呢？但鄭珈藍自出道之後，從來沒有借到嬋娟的裙子。她不知道許摘星跟中天的恩怨，只以為是對方不喜歡自己，心中一直多有怨恨。

現在親眼看見許摘星，人還那麼漂亮，鄭珈藍就更煩了。

節目組為什麼會同意她來參加？他們是對許摘星的實力沒數嗎？

節目組當然知道。

但是他們沒辦法。

黎陽這事這麼一鬧，岑風工作室起訴他們都算輕的，何況主辦方接到的是辰星董事長的電話。對方要求並不過分，許摘星本就在擬邀名單之中，他們若是拒絕，沒有理由，甚至可能會爆出內定的事情，那到時候這個節目就算完了。

何況他們還抱有一絲希望，這期只剩下兩關，岑風就算參加也拿不到什麼東西，票數應該能拉開。

幾十票可不好追，ＫＫ能力出眾，在接下來的直播中保持領先應該是沒問題的。

許摘星跟大家打了招呼，直播繼續錄製了。

導演拿著大聲公道：「接下來我們將進行第四個任務，泥潭大作戰！」

一行人移至村口的一塊大泥田旁。

泥田中間已經放置了一個一公尺高的籃球架，在泥田對面就是一個大簸箕，裡面放滿了

造型的物品。

五組嘉賓在田邊站定，導演組宣布規則：「看到那個籃球架了嗎？你們每組嘉賓，派一個人進行投籃，只有投進一個球，另一個人才能從起點出發，前進一步。」

寧思樂和他的設計師 Cheney 擊了個掌：「我們贏定了！」

許摘星舉手道：「一步能跨多遠？」

導演說：「只要在人體極限內就可以。」

袁熙一邊把頭髮綁起來一邊笑嗔：「你們的遊戲真是越來越髒了，是想把嘉賓都變成泥猴嗎。」

幾個人說說笑笑活躍了下氣氛，然後分配好各自的任務，就要準備開始了。

許摘星也把長髮在頭頂綁了個揪揪，兩隻小拳頭朝岑風打氣：「哥哥加油！」

岑風笑著點了下頭：「好，小心點。」

許摘星自信地拍了下胸脯：「你放心！」

留言——

『靠，她好可愛！』

『許摘星居然這麼甜的嗎？還以為是什麼高冷大佬。』

『啊啊啊啊啊若若啊啊啊啊啊羨慕死我了！』

『若若加油啊！給哥哥看看我們粉絲的本事！』

『所以你們到底為什麼叫她若若？』

當然不會有人回答他。

節目裡，哨子已經吹響。選擇投籃的五個人飛奔出去，踩著泥潭衝向籃球框，節目組把球拋了過去，五個人開始瘋搶。

泥田頓時一片混亂。

畢竟泥淖太深，行動受阻，很容易摔倒，五個人你追我趕還要搶球，摔得東倒西歪，全身都裹滿了泥，畫面非常好笑。

觀眾看得津津有味，就見岑風終於從寧思樂身下把球挖了出來，ＫＫ和詹右朝他撲了過去，岑風站在原地沒動，抬手一個遠投，籃球進了框。

導演組在田上喊：「岑風隊進一球。」

許摘星小手捧在嘴邊圍成喇叭狀：「哥哥加油！」

喊完了，後退幾步，在網友們驚詫的神情中一個縱步起跳，整個人都飛了出去。

然後啪的一聲砸進了泥潭裡。

遠是遠，就是半個身子都陷在泥裡，半跪著腦袋朝下，半天沒爬起來。

網友：？？？

導演組：？？？

留言——

『我靠哈哈哈哈哈哈哈哈哈哈哈哈！』

『她怎麼這麼搞笑哈哈哈哈哈我笑噴了。』

『心疼若若的臉。』

『追星女孩為了愛豆真是什麼都做得出來啊。』

『許摘星妳還記得妳是高奢設計師嗎！』

岑風也看到了，一副又氣又好笑的表情，朝她走了幾步想去拉她，許摘星已經迅速地站了起來，整顆腦袋都裹滿了泥，只有眼睛還發著光，一邊呸呸呸地吐泥水一邊喊：「哥哥不用管我！快去投籃！」

岑風搖了下頭，又返回戰場。

沒多久，導演再次宣布：「岑風隊進一球。」

許摘星手舞足蹈地歡呼，試了試從泥裡把腿拔出來往前走。但泥潭站久了越陷越深，這隻拔了出來，另一隻又陷了下去，根本跨不遠。

畫面裡的少女靜止了，似乎在思考。

留言說——

『她是不是陷進去走不了了哈哈哈哈哈哈哈！』

『我懷疑她在憋大招。』

『若若加油啊啊啊啊啊啊！』

『若若最棒啦！』

『你們到底是岑風的粉絲還是許摘星的粉絲？』

許摘星終於動了。

她慢慢把兩隻腿拔出來，然後在最高點，趁雙腿還沒陷進去的時候，雙手高舉，整個身子往前倒了下去。

又是啪一聲。

網友：？？？

導演組：？？？

手摸到最遠的位置，手指合併朝下戳戳戳，戳了個記號，然後許摘星就躺在泥潭裡一點一點往前挪，像隻蠕動的小蟲子，挪到了手指能戳到的最遠距離。

一臉興奮地站起來了。

這一下可比跨一步遠多了。

留言——

『我靠哈哈哈哈哈哈這是什麼寶藏女孩！』

『論：追星女孩為了愛豆能有多拚。』

『許摘星不愧我圈大佬粉絲！』

『若若辛苦了，下次活動我請妳喝奶茶！』

不遠處，目睹這一切的岑風按著眉心搖了搖頭，一臉好笑又無奈，喊她：「許摘星，慢慢走就好了，不要這樣。」

許摘星豪氣地一揮手：「我沒事！我們很快就要贏了！」

岑風：「相信我，慢慢走，這樣容易受傷。」

她噘了下嘴，小腦袋慢慢點了一下：「好吧。」

岑風繼續投籃了。

很快就聽到節目組接二連三地宣布岑風進球。

許摘星這下子終於乖乖抬腿，一步一步走了起來。

期間岑風沒有給其他人進球的機會。

寧思樂絕望了：「岑風你這是什麼情況？打了雞血啊！」

岑風轉頭一笑，在綜藝裡一向不愛跟他們交流的人笑意明顯，還會開玩笑了：「你要加油啊。」

寧思樂：「……」

那頭許摘星已經快要走上岸了。

小身影裹滿了泥，臉上髒兮兮的，但眼睛很亮，睫毛上也是泥，卻顯得好長，目不轉睛地看著岑風的方向。

最後一球又進了。

導演組宣布完，許摘星踏上岸，站在岸邊又叫又跳：「我們贏啦！」

岑風回過身，朝她帥氣地飛了個手勢。

留言——

『啊啊啊啊啊啊啊啊啊啊啊啊啊他媽的好寵啊！』

『是愛情啊！』

風箏們從來沒見過這樣的愛豆。

就……這樣的笑，這樣眼裡透著光，這樣溫柔又開朗的模樣。

她們總是心疼他，因為他身上總有一股與這世界隔絕的冷漠，他排斥這世界，也被這世界排斥。直到此刻，他好像才成為了這世界中的一員。

他的笑容真實，眉眼溫柔，接納了這世界，也被這世界接納。

就真的，很為他高興啊。

希望他開心，希望他永遠保持這樣的笑，希望他眉間再無陰雲。

留言說——

『若若真好，唉，我不羨慕她了，哥哥玩得好開心。』

『他們的關係應該蠻熟的吧？』

『若若人真的很好，每次活動跟她聊天都特別開心，她就像個小太陽一樣。』

『他們是在一起了嗎？』

『樓上不要胡說！正經的粉絲和愛豆！若若是真愛粉，哥哥也很寵粉！』

『我不管，這對CP我先嗑了，他媽的甜死我了。』

『我看的到底是戀愛綜藝還是戶外真人秀？』

『岑風是不想混流量圈了嗎？居然直播談戀愛？』

『談什麼戀愛，粉絲都沒說話，關你屁事！』

『我哥現在本來就不是流量好嘛？少拿流量那套來限制他。』

『只要他開心就好！他能一直這麼笑，比什麼都重要！』

『風箏們不必跟外人解釋，他們不明白。』

不管心中怎麼想，至少在留言上，至少在面對外人的時候，風箏們的戰線還是統一的。

愛豆談戀愛這件事，有些粉絲能接受，有些粉絲不能接受，都是圈內常態。不過岑風的粉絲從一開始就比別人佛系，因為虐粉虐得太狠，媽粉又多，日常擔心他退圈。只要他能留下來就謝天謝地了，對於他談戀愛這件事，反倒沒那麼在意。

何況直播裡許摘星明顯只是真愛粉的狀態，大家又不瞎。

泥田裡的籃球賽還在繼續，岑風已經從田裡面上來了。許摘星仰著頭看他，兩個人全身裹滿了泥，髒兮兮的，又格外好笑。

許摘星朝他豎起大拇指：「哥哥超厲害！」

岑風笑：「妳也厲害。走吧，去洗洗。」

節目組在旁邊準備了幾桶水，但是只夠他們清洗一下手和臉。因為節目組奉行的是現在越狼狽，等一下變裝越驚豔，除了讓他們換了一雙新的運動鞋外，其他還是照樣。

許摘星的丸子頭都變成泥丸子了，陽光一曬乾在頭髮上，一搓就落灰。

但好歹臉上手上乾淨了，趕緊跑去簸箕裡挑東西。

他們現在什麼都沒有，剩下最後兩關，一共只能挑選六件物品，一定要慎重。

這一關的獎勵是化妝品，所以簸箕裡大多都是粉底、口紅、眼影那些。還有一些雜七雜八的東西，什麼針線盒、捲尺，幾匹紅黃藍白色的輕紗布、腰帶、領帶等等。

沒有衣服，這是最艱難的。

看到簸箕裡的東西，網友都為她緊張。

『服飾在前面三關都選完了，現在怎麼辦？』

『最後一關還有衣服嗎？沒有的話岑風豈不是要光著？』

『帥哥的裸體，想看。』

『啊啊啊啊若若不會讓哥哥不穿衣服的！』

留言聊得火熱，就看見許摘星沉思著抱起那匹白色的布交給岑風，又拿了那個大針線盒，最後選了一支眉筆。

網友震驚道：

『她這是打算現場做衣服嗎？』

『不可能吧？工具這麼少。』

『若若加油！妳可以的！』

『那可是許摘星，我現在好期待。』

許摘星選好了物品，泥田裡的追逐還在繼續，她和岑風沒什麼事做，節目組安排他們坐在田邊的小板凳上等著。

她把那支眉筆拿出來，又找節目組借了一張衛生紙，蹲在小板凳旁邊，看兩眼旁邊的愛豆，埋頭寫一寫，看兩眼，回憶一下，寫一寫。

網友很好奇她在寫什麼，鏡頭意有所感轉過去，結果許摘星眼疾手快地捂住了，一臉正氣道：「身材資料，不可以暴露！」

網友：「……」

『所以她在目測岑風的三圍？』

『這都可以？』

『所以她真的要現場做衣服？』

『許摘星以前幫岑風做過嬋娟男裝吧，應該量過他的身材比例。』

『我哥的絕密資料！羨慕了！』

『許摘星維護愛豆的狗樣子真是跟我一模一樣。』

她回憶完岑風的身材數據，把衛生紙妥帖地放好，重新坐回小板凳上。

網友們本來還想聽聽她跟岑風聊天互動什麼的，結果她往那一坐，雙手托腮，眼眸微微下垂，陷入沉思。

工具太少了，不能打版，只能在腦海中勾勒模型和步驟，等一下必須一氣呵成把衣服做出來。

她不說話，岑風也不說話，兩個人並排坐在一起，西斜的陽光將兩人的身影攏在一起，看起來溫暖又和諧。

泥田大作戰逐漸結束，其他隊伍都選擇好自己所需的物品。鄭珈藍那一組因為兩個都是女生，體力不支，是最後上岸的。

她看起來有些不開心，待看到許摘星放在身邊的那幾樣東西時，也不知道出於什麼心態，笑道：「許師好拚啊，這是打算當場展示一下妳的設計能力嗎？」

許摘星還是笑吟吟的：「愛拚才會贏。」

鄭珈藍像聽到什麼笑話：「那許師要加油哦。」

許摘星也不惱：「我會加油的。」

留言說：

『她怎麼陰陽怪氣的？』

『許摘星脾氣真好。』

『她落後了就一直不開心啊，上岸還嗆許摘星，太過分了。』

『珈藍只是太累了，關心兩句就是嗆？』

『輸不起，陰陽怪氣，略略略。』

『若若別怕！剛她！』

『許摘星在我心中的形象完全顛覆了，我幻想的一直是犀利高冷對這世界不屑一顧的女神級別人物。』

『這樣甜甜的乖乖的也很好啊！我永遠愛萌妹子！』

五組嘉賓來到最後一關，就在泥田旁邊的一塊草坪上。節目組拿了十個氣球過來，導演宣布規則：「最後一關，踩氣球。哪一組的氣球先爆炸，成為最後一名，最後留在場上的就是第一名。」

說完，工作人員開始幫嘉賓綁氣球。

綁完還不算，還把兩個人的左右腳綁在一起，這樣一來難度增加，每一組連走路都不容易，更別說還要去踩別人的氣球。

袁熙和她的設計師剛綁上，才一抬步就因為不協調摔倒了。

不小心壓到氣球，砰一聲炸了一個。

寧思樂立刻道：「導演，他們這個自爆也算吧？」

袁熙坐在地上撒嬌：「不行不行，這個不算！導演重新幫我綁一個！」

許摘星看看自己跟愛豆綁在一起的腳踝，心臟跳得有點亂，身子微微朝外躲開，爭取不跟他靠在一起。

結果岑風一把把她撈回來：「別離得太遠，會失去平衡。妳走路習慣先邁哪隻腳？」

許摘星耳根有點紅，結結巴巴說：「右……右腳吧……」

岑風說：「好，記住永遠先出右腳，走幾步試一試。」

許摘星緊張地吞了吞口水，努力穩住心神，聽著他輕聲指揮：「右，左，右，左。」

兩人配合非常默契，來回走了幾圈就適應了節奏。

留言——

『許摘星害羞了哈哈哈哈哈哈你們看她的耳朵。』

『要是我跟愛豆靠這麼近我也會害羞。』

『她好緊張啊，剛才說話還結巴了，笑死我了，也太可愛了。』

『沒談戀愛，鑑定完畢。』

『啊啊啊啊啊啊啊啊若若人生巔峰！』

『岑風好厲害啊，他一直說右左右左，指揮著許摘星，但是自己邁的是左右左右，都不會混亂的嗎？』

『我靠你這麼一說還真是，腦子轉得也太快了吧。』

『我哥好聰明 QAQ，我好羨慕許摘星哦。』

適應期結束，踩氣球比賽正式開始。

剛才練習得好好的，但真的開始比拚，又都慌張起來，別說踩氣球了，寧思樂和詹右那幾組接二連三摔倒在地。

許摘星也有點緊張，但岑風一直在指揮，她好歹沒邁錯腳，看了一圈，低聲說：「哥哥，踩她們！」

她說的是離得不遠的鄭珈藍那一組。

岑風應了一聲，兩人朝鄭珈藍走過去。

鄭珈藍和KK不敢亂動一直站在原地，此刻見許摘星要笑不笑地走過來，頓覺不妙，抬腿就想走。

結果因為太慌張，兩人沒配合好，又一次摔倒在地。

眼見許摘星已經走近了，鄭珈藍連忙大喊：「等等等等！許師，妳等我們站起來，我們公平比賽！」

許摘星挑了下眉，下一刻抬腳把她的氣球踩爆了。

在鄭珈藍愕然的神情中燦然一笑：「這樣怎麼就不公平了呢？」

鄭珈藍的臉都氣白了。

許摘星又把KK的氣球踩爆了，走之前朝她們擠了下眼，「愛拚才會贏呀。」

留言——

『我收回之前說許摘星軟萌好欺負的話。』

『哈哈哈哈哈哈有點腹黑的感覺。』

『岑風的眼神怎麼那麼寵！我死了！』

『世界上怎麼會有許摘星這麼可愛的女孩子，簡直長在我的萌點上。』

踩完鄭珈藍，許摘星心情大好，跟愛豆配合也越來越默契，拿出了遇神殺神遇佛殺佛的氣勢，把場上其他組的氣球全踩爆了，再一次贏得了第一。

節目組讓許摘星先去挑東西。

只可惜已經是最後一關，沒什麼好選的了。箱子裡倒是有服飾，但是是類似鄉村婦女穿的紅綠碎花背心，根本無法看。

許摘星果斷放棄，選了一套裁剪工具，一個古裝假髮，一串銀色的鈴鐺。

網友對於她的選擇非常好奇。

『她選了假髮，她要做古裝了嗎！』

『肯定是肯定是！啊啊啊嬋娟簡易版，有眼福了！』

『鈴鐺有什麼用啊？還不如選口紅。』

『可是她只有一卷白色的布料啊，做出來也不好看吧。』

『大師的技術豈是凡人能懂！閉嘴看就是了！』

『若若加油啊啊啊啊啊！』

所有嘉賓挑選完畢後先去洗澡了，畢竟在泥潭裡滾了那麼久，渾身不舒服。只有許摘星沒去，朝岑風揮揮手：「哥哥你去吧，我先把衣服做好。」

造型時間只有半個小時，其他人都有現成的衣服，她還要花時間做，自然不能耽擱。

現場只留下許摘星一個人，她把白布鋪在檯子上，拿眉筆當畫線筆用，針線盒和裁剪工具整齊地擺在一邊。她神情認真，動作也快，只聽布匹被撕開的呲拉聲不時響起。

她似乎已經忘記是在直播現場，頭都沒抬一下，穿針引線裁剪縫補，跟之前玩遊戲時乖巧活潑的樣子完全不一樣。

觀眾都看呆了。

『這就是大師的技術嗎……』

『太厲害了，她是怎麼在沒有打版的情況下還能這麼井井有條的？』

『啊啊啊啊啊啊啊不愧是嬋娟的設計師！』

『若若賽高！』

『她現在是在繡花嗎？紅色的線是繡在什麼位置的？』

『好像是袖口，我大概能想像這件衣服的樣子了。』

留言討論得熱火朝天，許摘星也沒閒著，走秀比的是觀賞度，只要外表大體看起來好看，細節如何並不重要，分清主次，她做起來更加輕鬆。

畢竟設計了這麼多年嬋娟，對於中式古典風十分拿手，等岑風全部清洗乾淨時，衣服款式已經成型了。

許摘星抱著成品去敲門：「哥哥，你的衣服換好了嗎？」

裡面傳出岑風的聲音：「好了。」

她這才推門進去。

留言說：『是我我就不敲門，直接進。』

換衣服的畫面是隱蔽的，觀眾的好奇心已經被勾得不行了，對於其他幾組根本不關注，只想看岑風會以什麼樣的造型出現。

沒多久，緊閉的房門從內而外推開了。

岑風穿著一套白色的漢服走了出來。

輕紗重疊，長袖飛揚，他長身玉立，滿身雪白，袖口點綴幾株紅色花枝，看起來仙氣十足。

觀眾被震驚到了。

『我靠？這麼美嗎？』

『不愧是許摘星！』

『啊啊啊啊啊這是仙子啊！！岑風也太適合了吧！』

『許摘星是什麼神仙，居然在這麼短的時間內做了一套這麼仙的漢服？』

『對於嬋娟的設計師來說，這個樣式算簡單的了，但岑風身材和顏值是真的絕。』

『哥哥好好看好帥我瘋狂心動！』

『等等！沒有鞋啊！』

『他們沒搶到鞋，現做肯定也不行……難道要光著腳嗎？』

『我突然知道那串鈴鐺是用來幹什麼的了。』

果然，走到化妝間坐下後，許摘星把那串鈴鐺綁在岑風的左腳腳踝。

他的腳踝骨節分明，綁上這串銀鈴後，更顯得性感，一動就有清脆的鈴音，又仙又妖，尤為脫俗。

最後許摘星幫他戴上假髮，用眉筆描了長眉，一個仙氣飄然的古風美男子躍然而出。

其他幾組看到岑風的造型，也都是是一臉驚詫，最後紛紛朝許摘星投去讚嘆的眼神。

力挽狂瀾大概說的就是如此。

誰能想到她居然真的只用一匹布做了一套這麼美的衣服呢！

留言上全是要獻膝蓋給許摘星的。

鄭珈藍和ＫＫ對視一眼，兩人的神情都不大好看。

直播的最後一個環節就是走秀。這次的秀臺搭建在村口，村民們抬著小板凳，嗑著瓜子，已經在兩邊坐好了。

候場的時候，許摘星不知道跑到哪裡去了，直播裡久久不見人影。

直到岑風快要上臺時她才回來，懷裡居然抱了個臺式的電風扇。那電風扇應該已經有些年頭，扇葉都泛黃了，許摘星把足有十五公尺長的延長線插在音響後面，接上風扇。

觀眾們好奇她要做什麼。

直到岑風上臺走秀，大家明白了。

她按開風扇，扇面對準臺上，在臺下抱著風扇貓著腰，岑風一路走，她一路吹。

那垂落的裙擺和長袖被風扇吹得飄揚，連帶假髮的髮尾都微微飄蕩，配上一走一步的叮鈴音，豈一個仙字了得。

觀眾差點沒被她笑暈過去。

怎麼想出來的啊！

人工鼓風機嗎！

但是別說，效果是真的好，岑風最後以一百三十票的高票數得到了第一，遠遠領先於第二名二十五票的鄭珈藍。

她想要靠這一期跟岑風拉開差距，現在倒是真的拉開了。

直播即將結束的時候，螢幕上飄過留言。

『剛去岑風的粉絲社群逛了一圈，我知道你們說的若若是什麼意思了！』

『什麼意思什麼意思？話說一半會遭雷劈的！』

『指路社群ＩＤ，@你若化成風，許摘星追星小號。』

等第二期直播結束，全網都在討論許摘星。

許摘星白色漢服、許摘星人工鼓風機、許摘星害羞、許摘星追星小號、你若化成風……

熱搜跟不要錢似的一直上。

圍觀完「你若化成風」這個帳號的網友們紛紛表示：還以為許摘星是什麼高冷女神，結果追星的狗樣子跟我們一模一樣！

打榜集資掐架應援，居然還是周邊大佬？

唉，不愧是大設計師，周邊做得真好看。

以前還以為許摘星只是舔舔顏買買專輯送送資源，這些大佬級別的人物，哪裡懂什麼叫追星？可圍觀了小號才知道，人家許摘星做的比很多普通粉絲都要好。

粉圈：連許摘星都在兢兢業業打榜應援！你有什麼資格白嫖！

風箏仍在震驚中，網友仍在八卦中，辰星黨瘋狂磕糖中，也不乏黑粉冒頭詆毀造謠。

但不管怎麼樣，有關岑風吸毒的討論，沒有再出現了。許摘星的出現，這一連串操作，在之後被圈內稱為教科書般的公關案例。

去機場的車是節目組安排的，許摘星和岑風坐同一輛。

她已經洗過澡吃過飯，在車上接了幾通電話，知道事態已經被控制住，今天一天精神高度集中，現在驟然鬆懈下來，有點累了。

半倚在後排有氣無力地看著車外，節目組一直拉著岑風在說什麼。

應該是道歉。

她在心裡翻了個白眼。

趁著愛豆還沒上車，打了個電話給安南，接通就問：「我讓你幫我查的事有消息了嗎？」

安南說：『小姑奶奶，哪那麼快啊，妳真當我隻手遮天啊。別急，再等等啊。』

許摘星哼了兩聲：「你就逮著鄭珈藍查，我的直覺不會錯，肯定是她。」

聊了兩句，看到岑風朝車子走過來，趕緊掛了電話。岑風拉開後排車門坐上來，手裡還拎著一個食品袋，裡面裝了一根熱氣騰騰的玉米。

車內都是玉米的香味，許摘星使勁聞了兩下：「給我的嗎？」

岑風問：「想吃嗎？」

她連連點頭。

他笑了一下，把食品袋往下拉，纏住玉米棒的尾巴，方便她能拿著，然後遞過來：「吃吧。」

許摘星捧著玉米棒開心地啃了起來。

等尤桃坐到副駕駛座，車子出發了。

岑風拿出手機，開始處理今天收到的郵件。除去許摘星和辰星的運作外，工作室團隊在事情發生後的第一時間也做出了反應。

他本來不想把她牽扯進來，從警察局出來後就聯絡團隊安排了後續的公關計畫，結果尤桃跟他說大小姐已經上飛機了。

有關他的事情，她總是衝在最前頭。有點像不計較後果的小毛頭，真是叫人不知道說什麼才好。

許摘星玉米啃到一半，察覺到愛豆注視的目光，莫名其妙有點心虛，小腦袋微微轉過去一點，緊張地問：「怎……怎麼了？」

她的小嘴鼓鼓的，像倉鼠。

岑風的心裡軟得不像話，卻只是笑著說：「慢點吃，別噎著了，要不要喝水？」

她這才鬆了口氣，一邊嚼一邊搖頭。

岑風繼續說：「下次再遇到這種事不用著急，我知道該怎麼處理。」

許摘星玉米也不吃了，可憐兮兮地看著他，一副委屈的表情。

岑風覺得她是故意的。

明知道她是故意的，還是要上套，伸手用大拇指揩一下她沾著小玉米粒的唇角，低聲說：「不是怪妳的意思。」

她嘛了下嘴。

他說：「站在我身後就可以了。」

許摘星的睫毛顫了一下。

委屈的表情裝不下去了，有點不好意思地把視線收回來，轉過頭去，繼續吭哧吭哧啃自己的玉米。

山路曲折，繞來繞去，沒多久許摘星就被繞暈了，吃飽喝足只想睡覺，斜靠著座椅，眼皮漸漸垂了下來。

尤桃拿著手機在處理今天的後續，轉過身說：「節目組官方發道歉聲明了……」

抬頭一看，自家老闆往大小姐身邊挪了一些，手掌扶住她點來點去的後腦勺，小心翼翼將她按在自己肩上，然後在唇邊豎了下手指，拿起手機示意她用訊息聊。

尤桃又默默轉過去，把發文傳給他。

《明星的新衣》官方對今天直播發生的事件進行解釋和澄清，鄭重向岑風道歉，並表示願意賠償他的名譽損失。

嘉賓吸毒現場被抓這事可不小，看岑風粉絲的架勢，都快把節目組徒手撕了。要是不放低姿態趕緊道歉平息風波，被粉絲咬著不放，事態越鬧越大，萬一影響到節目的正常播出那就得不償失了。姿態做足了，岑風團隊也不可能真的要他們賠償。

道歉之後又放出了酒店的監視器影片，表明節目錄製時間之外，岑風連黎陽的房間都沒進去過，兩人從無私交，這次的事情完全是被牽連的。

聲明與影片一出，算是澈底洗刷了岑風的冤屈。不過網友們看看就過了，更多的注意力還是放在許摘星身上。

許摘星的瓜（八卦）真是太好吃了。

此時此刻，行銷號又扒出了去年慈善晚宴許摘星現場應援的照片。

當時慈善晚宴公布的擬邀嘉賓裡是有許摘星的，網友們還期待了很久許摘星和岑風同框走紅毯，結果最後許摘星人沒到，錢到了。

捐款兩百萬位居第二，是當晚所有參加晚宴的藝人中捐款數最多的一個。

當時大家對她好評如潮，還很遺憾她沒有到現場。

現在一看才知道，她哪是沒到現場？只是沒出席紅毯，人分明就在觀眾席應援！

當時晚宴不允許帶燈牌，許摘星訂製了一批小型的「風」字燈牌，戴在身上後全場都是閃閃發光的橙色小星星，場面漂亮又壯觀，是以攝影老師給了好幾次觀眾席特寫。

大概是許摘星長得太漂亮，有兩次都轉到她身上。大螢幕裡的少女戴著燈牌拿著手幅，笑得特別開心。

挖影片的行銷號一眼就認出來了。

於是現在截圖、影片滿網飛，網友們差點笑死了，一邊哈哈哈一邊@慈善晚宴。

沒想到吧！你們邀請不到的人，其實就在觀眾席！

許摘星到底是什麼寶藏少女，追星追的也太真誠了吧！

「你若化成風」這個小號完全就是個追星帳號，透過社群能發現，岑風幾乎每一次現場她都去了，而且都是以若若這個身分去的。

每次追完活動還跟風箏小姐妹一起吃火鍋吃燒烤，請問這些小姐妹你們現在得知真相作何感想？

小姐妹們已經在群裡瘋狂@若若一千遍。

社群爆炸的同時，群組裡也炸翻了天。

我們居然跟許摘星吃過那麼多次飯！還坐過她的跑車！

小七：『一時之間竟不知該如何面對。』

阿花：『所以若若，不是，許師，私下跟哥哥是認識的吧？』

箐箐：『這不是廢話嗎！他們肯定認識啊！我靠她是怎麼把持住的？這就是她媽粉轉女友粉的原因嗎？』

小七：『她是不是還有簽名專輯？』

阿風媽：『她是不是還有崽崽的電話！』

阿花：『等等！我突然想起來！有一次我們坐若若的跑車去吃火鍋，期間有個叫「我崽」的打電話過來！』

小七：『我靠！我當時就覺得她很奇怪！她前面說是討債的後面又說是她姪子，前言不搭後語我們居然沒察覺哪裡不對！』

阿花：『誰能想到我們上的是大佬的車呢？』

箐箐：『所以我崽真的是我崽！靠靠靠！』

啊啊啊啊啊啊啊啊啊啊彷彿錯過了一個億！

許摘星！！！！！！！！！！

第十七章　曝光

許摘星一直到機場才拿出手機打開群組，被幾千則聲討她的群組訊息嚇得差點摔了手機，趕緊把之前拍的簽名專輯的照片傳在群組裡，並表示——

若若：『一人一張簽名專！表示歉意！』

小七：『嗨呀都是一家人說什麼歉不歉的，地址私訊妳啦！』

阿花：『啊啊啊啊啊啊寶貝的簽名專輯！我永遠愛若若！』

箐箐：『你們變得也太快了吧？許摘星是世界上最可愛的小仙女！所以專輯什麼時候寄？』

追星狗，就是這麼好收買。

上飛機的時候天已經黑了，許摘星在車上睡夠了，現在上了飛機倒是精神抖擻，本來打算邀請愛豆一起看電影的，結果見他拿了個筆記本出來寫寫畫畫。

許摘星瞄了兩眼，看到是舞臺劇的臺詞，上面寫滿注解。

真是敬業的藝人啊！

岑風發現她在偷看，很大方地把劇本往她這邊挪了挪，笑著問：「陪我對戲嗎？」

許摘星大驚失色：「我？我？我不會！」

岑風：「我看妳在《築山河》裡演技挺好的。」

許摘星：？？？

這是什麼陳年爛事為什麼愛豆會知道？

岑風被她驚恐的表情逗笑了，解釋道：「在劇組排練的時候他們追劇，無意中看到的。」

許摘星回想自己當時的表演，尷尬得想跳機，一把把劇本拿過來，一本正經道：「對戲是吧！我可以！哪一段！」

岑風隨手指了一段。

許摘星清清嗓子，看著本子上的臺詞讀道：「王子殿下，你為何要下令毀了那片玫瑰？那是歐婭最喜歡的玫瑰。」

天啊好尷尬，她是在讀課文嗎？無地自容！

結果岑風半點也不受影響，眼眸深沉地看著她：「因為妳啊，我最愛的歐婭。妳對我說了謊，妳承認嗎？」

許摘星被愛豆的目光看得心裡發慌：「以月光女神的名義起誓，歐婭從未欺騙過王子殿下。」

岑風冷冷地笑了一聲。

嗚哇，愛豆也太入戲了吧，雞皮疙瘩都被他嚇出來了。

許摘星正抖著呢，就感覺他有點涼的手指托住她的臉頰，大拇指輕輕從她眼瞼拂過，像撫摸，又像憎恨的愛憐。

他嗓音低啞：「妳說了謊，歐婭。妳到底是誰？」

許摘星：「我……我……」

岑風：「妳若不是天使，降臨時玫瑰為何會為妳綻放？可妳若不是惡魔，為何要這樣殘忍地剜去我的心臟？」

他手指發力，箍住她的下巴，令她不得不轉過頭來與他對視。

那眼睛裡，愛與恨交割，色與欲糾纏，一眼就令人淪陷。

許摘星不自覺念出下一句臺詞，聲音輕又軟：「因為我愛你啊。」

岑風眼中的冷意驟然散開。

臉上入戲的神情淡了下來，微微鬆手放開了她。她巴掌大的小臉上被他掐了幾個紅印，看起來可憐兮兮的。

許摘星眨眨眼睛，等著他接下一句，等了半天沒反應，伸出一根手指戳戳他，提醒他接詞：「我愛你，王子殿下。」

岑風搖頭笑了一下：「好了，就到這吧。」

許摘星剛被帶入戲就被喊停，一副意猶未盡的表情。岑風把劇本收起來，看到她暫停的電影畫面，拿起旁邊另一隻耳機：「陪妳看電影。」

她這才開心了。

飛機落地時已經很晚了，走ＶＩＰ通道，吳志雲開著車等在停車場。

一看到岑風就說：「今天真是大起大落啊！」感嘆完了又自我安慰：「還好已經沒事了，只是大小姐……」

許摘星一副無所謂的表情：「沒事，我又不混娛樂圈，隨便他們議論。」話是這麼說，回到家打開社群的時候，還是被小號幾萬則留言嚇到了。

不僅留言多了幾萬則，小號的粉絲居然漲了幾十萬，熱搜還掛著好幾個，八卦論壇熱議文也都在首頁飄著，這可比一些愛豆還要火了。

而且社群粉絲還在持續增長。

許摘星忍不住發了文。

——＠你若化成風：『不要關注我，這只是一個追星小號。』

留言迅速破千，大家一致表示：哈哈哈哈哈哈就是想看妳追星！

許摘星：「……」

現在這些網友都有什麼毛病？

有關許摘星的討論一直持續了兩、三天，畢竟人長得漂亮，雖是大佬，卻又做著跟萬千普通粉絲一模一樣的事，追星女孩們看她都覺得親近不少。

雖然還是有一些惡意嘲諷詆毀的言論，不過有辰星公關部時刻監控著，那些膽敢抹黑大小姐的黑子一律被封號！

風圈這邊大體上還是很平和的。不管是許摘星還是若若，在風圈的人緣和評價都實在太好了。

試問你免費領了若若多少周邊？你好意思罵人家嗎？許摘星給了你哥多少時尚資源？你敢罵人家嗎？

再說了，透過直播就能看出來，許摘星跟岑風相處時完全是粉絲的狀態。她們太懂她的眼神和神情了，那就是她們自己。

其實以她的身分，完全不必如此。

可她依舊恪守著粉絲的身分，沒有逾越那條線。

至於愛豆……

算了算了不管他，他開心就好。

嫉妒酸的當然也有，沒翻起多大的水花就被罵走了。

許摘星自己都沒想到自己在圈內居然這麼得人心，感動地發了文：『愛你們，超級大親親！』

留言非常無情：『親就算了，多做點周邊吧。』

現在身分曝光，許摘星再也不能像之前那樣肆無忌憚地到處亂晃，有時候去買菜都會有人認出，興奮地喊她的名字。

岑風邀請她去看舞臺劇彩排的時候，她只能遺憾拒絕了。

萬一被拍了照，到時候行銷號又要看圖編故事，辰星黨又要線上嗑糖，她還是儘量在不必要的場合離愛豆遠一點吧。

說到辰星黨她就很氣！

幾日不見，話題排名都衝到CP圈第三了！

同框影片剪得飛起，同人文都寫到她跟愛豆生孩子了！

這誰能忍？

關鍵是還檢舉不掉。

許摘星怒而用小號到一個CP黨大粉剪的影片下留言：『沒有的事，不要亂嗑！』

大粉吱哇亂叫地回覆她：『姐姐妳不要對哥哥的眼神視而不見！妳看看這段影片裡的眼神，妳品！妳細品！妳敢說這不是愛的眼神嗎？』

許摘星：地鐵老人看手機。

她還真的點開影片看了幾遍。

是第二期直播她和岑風的剪輯，他們互動、對望、相視一笑，配上歡樂甜蜜的ＢＧＭ，簡直看得她一臉姨母笑。

啊不是！

靠？

我他媽怎麼還嗑上了？

這群ＣＰ黨簡直有毒！

許摘星怒而下線。

她不敢私下見愛豆，只能讓尤桃帶著一疊專輯去找岑風簽了名，然後分別寄給群組裡的小姐妹。

沒過兩天，《明星的新衣》主辦方聯絡到她，要跟她談補簽合約的事。黎陽牢底坐穿是不可能再出現了，接下來十期的錄製最大的可能就是許摘星補上。

按理說她既有熱度又有看點，節目組應該很樂意她上的，但是在交談的過程中許摘星發現，對方居然有些閃爍其詞，給出的合約條件也十分苛刻，很明顯是想讓她主動拒絕。

許摘星本來也不大想去的。上一期算是救場，這之後要是期期都去，行銷號和ＣＰ黨豈不是期期高潮？

但節目組這個態度讓她生了疑。

恰好在此時，安南的電話打過來了。

她拜託他查的事情有了眉目。

『還真的沒逃過妳的直覺，就是鄭珈藍做的。她派人監視黎陽，故意抓準時間點檢舉，好讓岑風在直播中被員警帶走。』安南頓了頓，又神祕兮兮地笑道：『還查到一個彩蛋。』

『《明星的新衣》是黃家那位太子爺投資的，鄭珈藍跟那位太子爺的事妳也知道吧？就是為了捧她搞了這個綜藝，妳愛豆是被拉去作配的，紅毯秀的名額也早就內定了，她跟ＫＫ合作，各取所需。』

許摘星氣得七竅生煙：「讓我愛豆給她作配？她算什麼垃圾東西？」

安南：『……雖然但是，女孩子還是不要這樣罵人比較好。』

許摘星：「智障小三，敢在老子眼皮子底下耍手段，我告訴你，她死定了。」

安南：『……好的。』

掛電話之後，許摘星當即聯絡主辦方，她要簽約。

主辦方：「……」

這麼苛刻的條約妳也簽？出場費還不如一個十八線！

許摘星才不跟他們客氣：「我又不缺錢，怎麼，你們不希望我出現在節目裡啊？難道是我擋了誰的道嗎？」

節目組製作方也是圈內有口碑的綜藝製作，雖然接受了投資，內定了名額，但這都是祕密，不能曝光。何況他們請的這幾位嘉賓咖位都不低，萬一暴露了，得罪的可不僅僅是粉絲。

而且許摘星很明顯跟辰星那邊有關係，直接拒絕她沒道理不說，還會開罪辰星。

說來說去，都他媽怪黎陽。

主辦方忍氣吞聲，只能跟許摘星簽約。

於是週六早上，許摘星開開心心出現在直播現場。看到鄭珈藍震驚的眼神，還非常挑釁地朝她笑了一下。

鄭珈藍早就讓人聯絡節目組，要他們不要簽許摘星，換一個設計師。她問過KK，KK也說沒把握能勝過許摘星。

結果現在是他媽什麼情況？

許摘星蹲在路邊啃霜淇淋，看著鄭珈藍怒氣衝衝去找節目組，又怒氣衝衝地出來。察覺到許摘星幸災樂禍的視線，她轉身看過來，狠狠瞪了她一眼。

許摘星蹲在石凳子上，笑著朝她揮揮手，然後抬手做了一個抹脖子的動作。

鄭珈藍差點沒被她氣暈過去。

不遠處坐在太陽傘下看著這一幕的尤桃和岑風：「……」

尤桃：「所以她專門跑過去在大太陽底下蹲了半天，就是為了這個？」

岑風：「……」

還怪可愛的。

許摘星啃完霜淇淋，拍拍手，從石凳子上跳下來，雙手搭在眉骨上遮太陽，一路小跑過來，遠遠就喊：「熱死我了熱死我了！」

尤桃把小風扇遞給她：「那妳還在那蹲那麼久。」

許摘星：「那個位置視線最好，她才看得見，嘻嘻。」

說完了，想到什麼，又趕緊看了岑風一眼，小臉鼓鼓的：「哥哥，是她先幹壞事，我才這樣的哦！」

岑風忍著笑：「嗯。」

這次的錄製地點在一所學校。

直播快開始前，許摘星又幫愛豆補了補妝，抓了抓頭髮。今天太陽大，多擦一點防曬霜，最後換上橙色的隊服，來到錄製現場。

機器已經架起來了，工作人員過來幫他們戴麥，又交代一遍等一下的流程。除去鄭珈藍外，其他幾組對許摘星的態度都很友好，畢竟嬋娟設計師的名頭擺在那，特別是袁熙，還指望著下次紅毯借到嬋娟的裙子呢。

笑著搭話說：「摘星妳的皮膚好白啊，今天太熱了，多注意防曬。」

許摘星也笑著跟她比了個OK的手勢。

鄭珈藍在旁邊冷笑著說了句：「許設計師嬌生慣養的，沒體驗過這麼烈的太陽吧？等一下可別中暑。」

許摘星跟沒聽見似的，活力滿滿地跟岑風說：「哥哥，我們今天也要拿第一！」

不遠處導演在直播倒數計時。

一點整，直播正式開始。

直播間的留言早早就爆滿了，大多數還是在討論岑風和許摘星。

『啊，許摘星元氣美少女，我又可以了。』

『現在看還是好漂亮，滿臉膠原蛋白，這就是青春啊！』

『說真的，許摘星把袁熙和鄭珈藍完全比下去了，這兩人應該也沒想到自己會敗在一個素人手裡。』

『我家若若只是幕後不混圈，不拉踩哦，抱走。』

『哥哥加油！若若加油！風箏永遠在！』

『岑風家的粉絲這麼佛系的嗎，沒見過這麼維護女方的。』

『也不看看許摘星什麼身分，她們能不捧著？』

『紅眼病檸檬狗，酸死你了。』

導演照常宣布今天的規則，嘉賓們有說有笑活躍氣氛，剛才還擺臉色的鄭珈藍在鏡頭面前倒是笑得很大方，還半開玩笑跟許摘星說：「許師，今天可不能再讓岑風光腳了，地面這麼燙，萬一受傷了粉絲可饒不了妳，還是要腳踏實地才好。」

許摘星笑得很和善：「我會加油的。」

留言說：

『總感覺鄭珈藍說話陰陽怪氣的，她跟許摘星有什麼是私怨嗎？』

『我也覺得！她好像一直挺針對許摘星。』

『呵呵，仙女說什麼都是錯的，就許摘星最無辜了。』

『果然粉絲跟正主一樣陰陽怪氣。』

『珈藍說什麼了就陰陽怪氣了？她第一次上綜藝，已經在努力融入其中了好嗎？不說話就是高冷，搭話就是針對，要不然你們上？』

『說什麼腳踏實地，是在諷刺上一次我們若若嘩眾取寵嗎？不會說話就閉嘴，被罵也是活該。』

『上一期就針對許摘星當我們瞎嗎？不就是最後反超拿了第一，輸不起就別來。』

活躍完氣氛，導演宣布第一關的規則：「雙人跳高，最終成績取兩個人之中的最低數，也就是說，只有一個人過杆不算成績，必須要兩個人都過杆才算標準成績。」

袁熙頓時苦下臉來：「怎麼跳啊？我不會跳高，是像跳繩一樣嗎？」

導演說：「不限方式，只要身子不碰杆，完全過去了就行。」

宣布完規則，一行人轉移到身後不遠處的操場上。

跳高杆已經搭好了，畢竟是在學校，器械跑道使用很方便。旁邊還站了一圈穿著校服的學生，手裡拿著各個嘉賓的手幅，朝氣蓬勃地幫他們加油打氣。

第一杆很簡單，只有八十公分。

五組嘉賓排成一列，一個一個跨過去，隨後兩公分兩公分的增加。到一百四十公分左右的時候，難度漸漸起來了。

到一百六十公分的時候，在場的女生全都過不去了。她們過不去，她們的隊友過去了也不算成績。KK和鄭珈藍試了好久都不行，只能放棄。

不過她看許摘星也跳不過去，岑風同樣會被淘汰，心裡很爽，一點也沒有不開心。

詹右的設計師也是女生，於是場上就只剩下寧思樂和法國設計師Cheney。寧思樂頓時眉開眼笑：「那不就是我們贏了？」

鄭珈藍也趁勢說：「我們這幾組並列第二？」

許摘星拍拍屁股站起來：「我再試一次！」

鄭珈藍笑了笑：「再試也沒用啊，別勉強自己。」

岑風看女孩一臉不服輸的樣子，突然轉身問導演：「只要不碰杆，什麼方式都可以嗎？」

導演說：「對。」

然後就看見岑風走到杆子旁邊，朝許摘星招招手：「過來。」

許摘星聽到愛豆喊，立刻乖乖地跑過去。

留言都在說：

『許摘星好乖啊！好聽話的樣子！』

『啊啊啊啊啊過來，語氣好蘇！』

『我愛豆要是這麼喊我命都願意給他啊啊啊啊！』

『岑風要做什麼？』

正當大家疑惑之際，就看見螢幕裡的岑風伏在許摘星耳邊低聲說了兩句什麼，然後一俯身，把許摘星抱了起來。

大家還沒從這個公主抱中反應過來，緊接著岑風就那麼往上一拋，許摘星被他從杆子上方扔過去了。

觀眾：？？？

嘉賓：？？？

導演組：？？？

留言——

『我靠哈哈哈哈哈哈哈哈哈哈哈岑風這是人幹的事？』

『我他媽還以為是個浪漫的公主抱紅紅火火恍恍惚惚。』

『對不起太好笑了，這個愛豆為了贏也太過分了。』

『少年好臂力！是天天在家舉重嗎？』

『有圖為證！哥哥上一次舞臺穿背心跳舞，我靠那個肌肉，我要噴鼻血了。』

『公主抱啊啊啊啊啊啊啊啊是公主抱！』

『若若有一點點可憐，我一點也不羨慕。』

許摘星已經迅速爬起來，興奮地手舞足蹈：「我們過啦！」

岑風笑著從杆子下面鑽過去，伸手把她拉起來，低聲問：「有沒有摔到哪裡？」

許摘星連連搖頭：「沒有沒有！哥哥，下一杆我們可以繼續！」

岑風搖搖頭：「不行，下一杆高度增加，會有危險。我們就到這一關為止吧，第二也不錯。」

鄭珈藍一直以來的笑有點裝不下去了，喊導演組：「他們這算犯規吧？」

導演組正遲疑，許摘星就道：「我碰杆子了嗎？我過去了嗎？我既沒碰杆子，又過去了，怎麼就犯規了？」

她轉身笑眯眯問旁邊圍觀的學生：「小朋友們，你們說姐姐犯規了嗎？」

小朋友都喜歡漂亮的姐姐，剛才在候場的時候只有這個姐姐偷偷跟他們揮手打招呼，於是都大喊：「沒有！不犯規！」

許摘星挑了下眉：「群眾的呼聲。」

導演組也就不好再說什麼了。

留言——

『我們在意的是公主抱，妳只在意贏不贏？』

『許摘星妳清醒一點啊！妳被愛豆公主抱了啊！』

『可能被愛豆公主抱又被愛豆扔出去的感覺她不想在意吧。』

『只有我注意到岑風好溫柔嗎，感覺他很寵許摘星。』

『哥哥一直都很溫柔很寵粉謝謝！』

『啊啊啊啊啊啊辰星是真的！』

『CP狗又來亂舞了。』

『路人也覺得很甜，真誠發問，他們有可能在一起嗎？』

『你們醒醒啊！許摘星是媽粉啊！她天天在社群喊崽崽啊！』

最後這一關岑風組得到第二名，挑選物品的時候東西還很豐富。許摘星思考一下今天的投票人群，是一群小朋友，心裡有了主意。

選了一件黑色的破洞褲，褲縫鑲嵌銀色的邊。又選了一條銀色的細長絲巾，最後選一件白色的寬鬆T恤。

等他們選完，後面幾組才來挑選。

鄭珈藍看著她手上的衣服有點驚訝地挑了下眉：「許師這次怎麼選了這麼普通的服飾？不出奇制勝的話，贏面可能不太大哦。」

許摘星還是笑：「什麼風格都要試試嘛。」

觀眾這下是真的看出來了。

『鄭珈藍就是在針對許摘星，鑑定完畢。』

『真的煩死她這種陰陽怪氣的語氣了，許摘星脾氣怎麼這麼好啊！看得急死我了！』

『從上一期開始她就一直偷偷diss許摘星好不好，高冷女神人設崩得不要不要的。』

『這種情商低的藝人真的不適合上綜藝。』

『珈藍就是這個性格，有什麼說什麼，真人秀不就是表現最真實的樣子？』

『那她真實的樣子可真夠討厭的。』

留言又吵了起來。

許摘星笑瞇瞇把選好的東西放進自己這一組的箱子裡，手指搭在眉骨上看了看太陽，自言自語似的：「不知道幾點了。」

好戲也該上場了。

等所有嘉賓挑選完物品，現場開始第二關的錄製。

而就在直播進行得如火如荼的時候，社群百萬粉絲的行銷號突然扔出一則重磅爆料：

『旗袍女神鄭珈藍夜會黃氏太子爺，摟腰親吻姿態親密，坐實戀情實錘。』

消息一出，上百個行銷號同時分享，與此同時各大平臺、論壇、網路新聞同時爆料，瞬間衝上熱門。

文內附有照片和影片，場景是車庫，鄭珈藍從一輛豪車上下來，站在車頭等了一下。車子上又下來一個穿西裝的中年男人，鄭珈藍走過去摟住他的腰，微微仰著頭似乎在撒嬌，中年男人低頭親了親她的額頭，手掌還在她屁股上捏了一把。

照片、影片拍得太清晰，完全沒得洗。

#鄭珈藍插足豪門婚姻#、#鄭珈藍小三#、#鄭珈藍捏屁股#三個熱搜直衝前三，後面全部跟了一個爆字。

爆料速度之快，中天公關部連反應的時間都沒有，直接被砸傻了。

一般來說，狗仔拍到這樣的大料，都會事先聯絡經紀公司拿錢公關。狗仔蹲守拍照是為了什麼，不就是為了錢嗎？

這也是為什麼之前鄭珈藍被拍之後能處理得那麼乾淨，因為不管是中天還是黃氏都願意出錢壓下去。

但這次對方明顯不是為了錢來的，絲毫沒跟他們透露一點消息，直接就把實錘放出來，擺明是要錘死鄭珈藍。

中天緊急公關，砸錢撤熱搜，但死活撤不下來，除開對方資本下場外，全網關注也是一個原因。

鄭珈藍一直走的是高級女神路線，在網友心中是高高在上不可觸碰的紅玫瑰。

結果現在居然當小三？插足豪門婚姻？

想嫁豪門想瘋了吧！

明星出軌劈腿向來是最吸引熱度的，八卦網友們一哄而上，都不用資本下場了，真流量，全網爆。

而此刻毫不知情的鄭珈藍還在直播裡巧笑嫣然。

留言也已經炸了。

『剛看完八卦回來，小三必死。』

『鄭珈藍還不知道吧？看她笑得多開心，真噁心啊。』

『剛才還誇你們女神真性情的粉絲呢？』

『就憑她在節目裡一直diss許摘星也能看出人品不好了。』

『一人血書鄭珈藍滾出直播！』

『兩人血書！現在看著這張小三臉就噁心！』

『要說《明星的新衣》這個綜藝也是有趣，第二期嘉賓吸毒，第三期嘉賓當小三，讓我們敬請期待第四期。』

『第四期辰星夫婦公開戀情，對不起走錯片場了QAQ小三不要臉！小三滾出直播！』

直播又過了一關，許摘星和岑風再次拿到第一，開始挑選物品。

物品箱就放在節目組的工作人員前面，許摘星走過去的時候，發現後面不少工作人員拿著手機竊竊私語，視線都落在不遠處的鄭珈藍身上。

她蹲在箱子前挑挑選選，低頭時，勾唇笑了一下。

以其人之道還治其人之身，也讓妳嚐嚐直播現場被人議論的滋味。

鄭珈藍之前想要全網熱度，現在算是以另一種方式圓夢了。留言熱火朝天，全是罵她的，但直播期間嘉賓不能看手機，也沒有中場休息，鄭珈藍完全不知道發生了什麼。只是她也感覺到場外工作人員若有似無的視線，還覺得是不是自己今天太美了，所以大家都在看她。

這麼一想，臉上的笑更明豔。

留言——

『還有臉笑！』

『小三就是這麼勾引男人的！』

『鄭珈藍還不知道吧，突然覺得她有一點點可憐。』

『可憐小三的是什麼聖母？應該可憐的是被三的豪門太太吧？』

直播已經進行到第四關，指壓板通關。

指壓板是現在戶外真人秀最愛搞的一個環節，許摘星每次看那些明星踩在上面疼得五官扭曲，都覺得有那麼疼嗎？

現在光腳踩上去試了試，一股鑽心之痛直上心頭，才知道是真的疼。

不過好在不用兩個人都上去跑。在指壓板環節的盡頭有一個高臺，規則要求一個人通關指壓板，另一個人站在檯子上，戴上頭頂有根針的帽子。

在帽子正上方有一個巨大的膨脹的氣球，裡面裝滿了有顏料的水，隨著時間會慢慢下降。另一個隊友如果沒有在規定時間內通關，氣球就會被帽子上的針戳爆，把下面的人澆成落湯雞。

導演拿著大聲公在旁邊說：「現在你們自行決定誰通關，誰上臺子，完成時間最短的一組獲勝。」

指壓板可不只是平鋪在地上的，還有獨木橋，有上下坡，有石臺障礙。這些遊戲環節就算直接進行也不容易，更別說現在還鋪上了指壓板。

簡直是要人命。

許摘星想到剛才那酸爽的滋味，頓時打了個寒戰，一臉視死如歸的表情：「哥哥！我來跑！你去對面等我！」

留言——

『再疼也不能疼愛豆。』

『是真愛啊。』

『剛才她踩上去一下就疼得五官扭曲，現在是不打算要命啦？』

『唉，追星女孩不就是這樣嗎？』

岑風被她逗笑了：「剛才不是說很疼？」

許摘星：「沒關係！就當按摩了！」

岑風笑著搖了下頭：「我來吧。我比妳高，站上去了更容易碰到氣球。」

許摘星一想，好像是有點道理？她緊張兮兮的：「可是這個很疼啊！」

岑風直接脫掉鞋和襪子踩上去：「不疼，我身體好。」

他走了兩步，好像真的不太疼的樣子，寧思樂在旁邊吱哇亂叫：「哇岑風你還是人嗎？我快疼死了。」

最終分配好任務，許摘星站上高臺，戴好橙色的帽子。

五個人站成一排，頭頂是碩大的氣球，看起來非常壯觀。第一組是詹右，站在臺上的是他的設計師，導演說：「開始前有什麼話想跟你的隊友說嗎？」

設計師：「你要是讓我被淋了我等一下就把你化成如花！」

全場大笑。

詹右開始飛奔。

設計師頭頂的氣球肉眼可見的速度往下降落，許摘星看得心驚膽戰。詹右一邊跑一邊大叫，好幾次疼得受不了跑到跑道外面去，又被滾燙的地面燙回來。

留言上罵鄭珈藍的人少了，全部都在哈哈哈。

最後詹右還是沒能在規定時間內通關，氣球爆炸，設計師從頭到腳被淋了一身紅色的水，站在旁邊的許摘星也被濺上了一些。

第二組是ＫＫ，站在上面的是鄭珈藍，朝著她大喊：「加油！女子當自強，我們一定可以贏！」

留言：『妳當個屁的自強，妳當小三吧！』

不過ＫＫ倒是比詹右能忍，期間沒有跑出去過，一鼓作氣衝到尾，按下氣球的開關鍵，把鄭珈藍救了下來。

鄭珈藍高興極了，取下帽子跟ＫＫ擊了下掌，走之前又笑吟吟對許摘星說：「許師，接下來等著看妳的好戲哦。」

許摘星微笑著朝她比了個ＯＫ的手勢。

留言——

『又來了又來了，她又開始diss許摘星了。』

『陰陽怪氣的小三，嘔嘔嘔嘔。』

『許摘星脾氣真好，這都不發火。』

『軟萌妹子被欺負，我好氣！』

『我們若若大人有大量，不跟小三一般見識，丟臉。』

第三組輪到岑風。

導演拿著大聲公問許摘星：「這一組有什麼話要跟隊友說嗎？」

許摘星雙手往上在頭頂比了一個超可愛的愛心，對著下面大喊：「哥哥加油！風箏愛你！」

正在做準備的岑風抬頭笑了一下，然後當著全國觀眾的面，回比了一個心。

留言差點瘋了——

『啊啊啊啊啊啊啊啊啊啊啊正主發糖！』

『太甜了太甜了，我牙疼。』

『若若喊的是風箏愛你啊，我真的流淚了。』

『所以哥哥這個心是比給風箏的，是給我們的TT。』

『許摘星太會了，她把粉絲的愛完完整整的轉述給寶貝。』

『哥哥居然會比心，他太甜了，他越來越甜了。』

『還不是因為許摘星，我說，粉絲就承認了吧，這是雙向戀愛。』

『是給粉絲的！哥哥的心是回應給粉絲的！』

留言說什麼的都有，直播裡岑風已經開始衝關了。

觀眾只感覺一道身影飛奔而出，姿態矯健如履平地，猶如一陣風一樣，轉眼就躍上了高臺。

許摘星頭頂的氣球下降沒多少就停了。

觀眾：？？？

我們剛才是少看了幾分鐘了嗎？

怎麼上去了？

許摘星興奮到不行，在臺上又蹦又跳，「哥哥世界第一優秀！」

岑風笑著把她從臺子上扶下來。

這一關不出所料，岑風又拿了第一，除去跳高那一關只拿了第二外，今天他們這一組全是第一，現在只剩下最後一關，鄭珈藍的臉色已經很不好看了。

她自出道就大火，這些年一直備受追捧，加之有黃氏那位太子爺的關照，在圈內順風順水，凡是想要的從未失手過，在這個綜藝裡卻屢屢碰壁。

性子被養得驕縱了，又是第一次參加真人秀，完全不懂掩飾，選東西的時候連ＫＫ都悄悄提醒她不要太耍性子，這是直播。

她臉色的變化觀眾還能看不出來嗎，一邊罵她小三不要臉，一邊嘲諷她輸不起。

最後一關的遊戲是你畫我捏他猜。

簡而言之，這一關有三個步驟，需要和學生一起參加。導演組會給學生一個詞語，然後由學生在紙上畫出來。

每一組其中一個人又要根據畫的內容，用黏土把那個東西捏出來，捏完了之後，另一個人猜是什麼，先猜對五件物品的隊伍就獲勝。

這個算是你畫我猜遊戲的進階版，規則宣布之後，每組自行在周圍圍觀的小朋友裡挑人。許摘星笑吟吟問周圍的小朋友：「從小學畫畫的舉手！」

不少學生把手舉起來。

她選了一個看起來心靈手巧的小女生，拉過來親切地問：「小妹妹，學畫畫幾年啦？」

小女生乖乖回答：「兩年了，我學國畫。」

許摘星：「國畫很厲害啊！小朋友加油，好好畫呀！姐姐也會好好捏的！」

這一關設計師都選擇了捏黏土，畢竟動手能力強，更容易一點。哨子一吹響，比賽正式開始。

五個學生坐在木板後面開始畫畫，他們只有兩分鐘的時間，一分鐘之後，旁邊的工作人員把木板抽掉，小朋友們把畫紙遞過來。

許摘星這一組的小妹妹不愧是學國畫，畫了顆非常生動的櫻桃。她朝小女孩比了下大拇指，轉身挑選紅色的黏土開始捏櫻桃。

旁邊圍觀的學生們熱火朝天地喊加油，現場氣氛非常火爆。

設計師一邊捏，藝人已經開始隨口猜了，說什麼的都有。

岑風一看許摘星選了紅色的黏土，又做了一個吃的動作，心裡大概有輪廓了。最後結合她捏的大小形狀，很容易猜到：「櫻桃。」

導演組宣布：「岑風組得一分。」

國畫小妹妹比許摘星還興奮，木板落下，繼續畫第二個。

許摘星又對著愛豆拍起馬屁：「哥哥你怎麼這麼厲害呀？做什麼都優秀，腦袋瓜到底是怎麼長的？是吃智多星長大的嗎？」

差點把觀眾笑死，留言說：『許摘星對著愛豆拍馬屁的樣子像極了平時的我。』

第二張畫很快又畫好了，這次看起來有點抽象，畫了一個小人，又畫了一個月亮，許摘星看了半天，心裡覺得應該是嫦娥奔月。

但是她現階段不能說話，猜到了也不好捏，轉過身一臉凝重地開始挑黏土。

先捏個小人吧。

其他幾組緊趕慢趕，追上許摘星的進度。許摘星的小人已經捏好了，放在一旁，又挖起一坨黃色的黏土開始捏月亮。

月亮還沒捏好，就聽見愛豆說：「嫦娥奔月。」

許摘星：！！！

她興奮地跳起來：「哥哥你是神仙嗎！怎麼什麼都知道？我都還沒有捏完！」

岑風笑了笑：「嫦娥捏得很形象。」

觀眾看了看那坨眼睛不是眼睛頭髮不是頭髮的火柴小人，也不知道他這句「形象」是怎麼誇出來的。

國畫小妹妹已經開始畫第三張了。

許摘星興奮地原地轉圈圈：「我們要贏了！我們又要贏了！」

鄭珈藍也猜對了第二個，聽到她得意的聲音，又轉頭看了看岑風，要笑不笑道：「岑風你還真是什麼都會啊。」

她笑吟吟的：「又會唱歌又會跳舞，還在演什麼話劇？玩遊戲也這麼厲害，哦對了，聽說你還會機械組裝？真是圈內天才呢。」

岑風沒說話，只是禮貌地朝她笑了一下。

鄭珈藍撩了一下頭髮，嘆息道：「不像我們這種平凡人，想把一件事做好就要投入全部的精力和時間，不然就要變梧鼠啦。」

她這話剛落，一坨黏土啪一聲砸在她腳上。

鄭珈藍嚇了一跳，猛地抬頭看過去，許摘星不知道什麼時候站了起來，手裡還捏著一團黏土，總是笑吟吟的臉上毫無表情，眼眸冰冷，指著她罵：「你他媽諷刺誰呢？」

鄭珈藍臉都氣紅了，把腳背上的黏土甩開，「許摘星妳做什麼！」

話落，許摘星抬手又是一團黏土砸過來。

這一下沒客氣，砸在她的肩上。

許摘星盯著她一字一句：「再敢嘴臭，下次我直接砸妳嘴上，幫妳閉嘴。」

留言被這個陣仗搞得差點炸了。

『我靠靠靠靠靠我被許摘星帥到了！』

『梧鼠五技，鄭珈藍在諷刺岑風什麼都做，什麼都不精。』

『之前是誰說許摘星脾氣好的？』

『啊啊啊啊啊啊許摘星維護愛豆的樣子太帥了！』

『靠，這反差萌，我要粉這一對了，許摘星太可以了。』

『惹我可以，惹我愛豆，我就讓你死。』

第十八章　以牙還牙

鄭珈藍被許摘星砸到差點撲過去跟她打架，好在旁邊的詹右反應快，一下子把她攔住了。詹右情商高，連聲勸道：「珈藍，別衝動！這是直播。」

鄭珈藍深吸兩口氣冷靜下來，但臉上怒意未散，轉頭看向一旁的岑風，一副備受欺負忍氣吞聲的樣子：「這就是你的粉絲？」

岑風神情冷漠地掃了她一眼：「怎麼？」說完，在鄭珈藍憤怒的視線中非常溫和地笑了一下：「不可愛嗎？」

鄭珈藍：？？？

留言——

『？？？？？？？？？』

『哈哈哈哈哈哈哈紅紅火火恍恍惚惚我靠岑風絕了。』

『這一對絕配！辰星給我鎖死！』

『不可愛嗎？哈哈哈哈哈哈哈哈哈哈哈哈哈靠。』

『我被這一對笑到地崩山摧壯士死然後天梯石棧相鉤連。』

『若若幹得漂亮！哥哥還擊也好漂亮！』

『嗚，什麼神仙愛豆和粉絲，這對不結婚天理難容！』

天氣本來就熱，鄭珈藍被氣得氣血上湧，差點暈過去。許摘星嗆完她，已經一臉若無其事接過國畫小妹妹的第三張畫，對照著捏了起來。

鄭珈藍想立一個楚楚可憐的白蓮花人設，讓觀看直播的粉絲去罵他們。後半段安靜如雞，一副受了委屈的樣子，一直到結束眼眶都紅紅的。

結果留言都在說：『看小三被許摘星罵得這麼爽我好開心哦。』

最後一關，岑風和許摘星不出意外又拿了第一。

接下來就是造型走秀了。

許摘星在看到今天的地點是學校，投票人是小朋友時就有了想法。小朋友眼中的明星都是閃閃發亮的，帥氣、時尚、潮流、與眾不同，所以舞臺裝非常適合今天這個秀臺。

許摘星設計舞臺裝簡直是手到擒來，白T恤外搭黑紅色外套，一半黑一半紅，流蘇碎片十分吸睛，下身破洞褲鑲嵌銀色褲縫。那條銀色的長絲帶繫在腰間，隨風而動。因為每一關都拿到第一，她還選到了適用的化妝品，眼線配大地色眼影，加深眼妝後又欲又A。

這一套拿出來，就是標準的大師級別舞臺造型。

觀眾被螢幕裡的岑風帥到無法呼吸。

更別說現場的小朋友。

走完秀，岑風拿到了一百零一票，再次獲得第一。

直播一結束，一直委委屈屈的鄭珈藍就不裝了，不顧ＫＫ阻攔想衝過來找許摘星吵架。岑風本來要去換衣服，察覺她的動作，神情一冷，走回來擋在蹲在地上收拾東西的許摘星前面。

但鄭珈藍還沒走過來就被她的兩個助理攔住了。

助理趴在她耳邊說了幾句，鄭珈藍臉色大變，身子晃了兩下，在助理的攙扶下急匆匆走了。

許摘星收拾完東西，起身看看旁邊的愛豆，傻乎乎地抓抓腦袋：「哥哥，你在這做什麼呀？快去換衣服吧。」

岑風笑了一下：「這就去。」

他們這邊氣氛愉快，鄭珈藍走回後臺拿到手機，才知道今天直播期間發生了什麼。

已經過了五個小時。

她的名聲已經臭了。

之前在節目裡是裝虛弱，現在是真的虛脫了，手都是抖的，發瘋似的把戰戰兢兢的助理趕出去，摔上門之後立刻打電話給她傍上的豪門情人。

結果顯示暫時無法接通。

連打幾遍都打不通，鄭珈藍紅著眼又打給經紀人，那頭倒是接的很快，但語氣非常難聽：『什麼都別說了，公司能做的都做了，現在這個局面已經是公關後的結果。妳先回家吧，我晚點來找妳，注意避開狗仔。』

說完不等她回答就把電話掛了。

鄭珈藍有一瞬間的茫然。

緊接著又打給關係好的公司高層。

對方的回答也一樣，他們已經盡力了，這次的爆料讓人措手不及，影片真實根本洗不了，讓她做好發道歉聲明的準備。

鄭珈藍已經哭成了淚人：「陳總，道歉還有用嗎？道歉他們就會放過我嗎？」

那頭厲聲斥罵：『妳在走這條路之前就該做好東窗事發的準備！』

可是我一開始走這條路，就是你們牽的線啊。

是你們帶我去酒會，是你們介紹我認識了豪門，是你們說只要跟著這位太子爺，我今後的路將會走得一帆風順。

怎麼現在出事了，代價全都要由我來擔呢。

鄭珈藍將手機狠狠砸向牆壁，砰一聲，摔得四分五裂。

鄭珈藍一行上車離開的時候，許摘星還坐在太陽傘下面吃尤桃在學校小吃街買回來的狼牙馬鈴薯和烤魷魚串。

這次的錄製地點就在B市，她不急著趕飛機，一邊吃一邊喝奶茶，看起來非常愜意。

鄭珈藍戴著墨鏡從旁邊匆匆經過，又在中途停了一下，轉頭看過去。

許摘星正對她坐著，見她看過來，非常和善地抬手朝她揮了揮。

鄭珈藍突然想起，節目開播前，她蹲在路邊，朝她做的那個抹脖子的動作。

許摘星跟這件事，有關係嗎？不可能啊，她只是一個設計師，再怎麼厲害，也只是時尚圈的事。

可女人的疑心一上來，就沒那麼容易消下去了。

她坐上商務車，冷聲吩咐助理：「去查查這個許摘星。」

尤桃看著她們一行人上了車離開，有些憂心忡忡地說：「大小姐，她不會報復妳吧？」

許摘星笑了下：「我又不怕她。」

不遠處，岑風卸完妝換好衣服走了過來，許摘星開心地朝他招手：「哥哥，快來吃炭烤豬皮！補充膠原蛋白！」

第三期直播結束，《明星的新衣》再創熱度，鄭珈藍被罵得很慘，節目卻因此得到了全網關注，話題度和點播量已經遠超同期綜藝。

主辦方也不知道是該哭還是該笑。

這節目畢竟是黃氏那位太子爺為了鄭珈藍投資的，現在鄭珈藍出了事，那邊可能中途撤資，到時候可怎麼辦。

特別是到晚上的時候，鄭珈藍在社群上發表了一篇聲淚俱下的道歉聲明，並在聲明中表明會退出直播。

洗白無用，只能認錯，先示弱一段時間，等風波平息再用其他方式洗白，這是娛樂圈共用的公關手段。

她的道歉文一出，態度又這麼誠懇，還真的有些腦殘粉立刻選擇原諒。本人長得漂亮，不少顏狗都覺得長得漂亮的人犯點錯也沒什麼，人家都道歉了，也不要咄咄逼人了。

網路總是這樣，生死都能揭過，何況只是感情問題。只要事情沒發生在自己身上，永遠可以選擇寬容和遺忘。

許摘星看著那則發文下安慰她原諒她的留言，想起曾經岑風自殺後沸沸揚揚的聲討消失在資本干涉之下，很平靜地笑了一下。

節目組的擔心不是沒有緣由。

鄭珈藍發完道歉聲明後，就一直打電話給黃氏的太子爺。

打了幾個小時，此刻終於打通了。

她眼眶一酸，眼淚落了下來，戚戚然道：「岩哥，你終於願意接我電話了。」

黃岩的語氣聽起來很敷衍：『工作忙，怎麼了？』

鄭珈藍哭著道：「我們的事……現在大家都知道了。」

黃岩笑了一聲：『我們什麼事啊？』

鄭珈藍一僵，都忘哭了：「岩哥，你是什麼意思？」

黃岩語氣散漫：『行了，就到這吧，以後別打電話給我了，我對妳，也夠仁至義盡了。』

鄭珈藍僵坐在床上說不出話。

資本有多無情，她現在總算是體會到了。

黃岩有些不耐煩：『沒事我就掛了啊。』

鄭珈藍嘴唇咬出了血，沒再哭哭啼啼，勉強笑了一下，聲音聽起來很虛弱：「岩哥，謝謝你一直以來的照顧。」

黃岩的語氣這才好了些：『沒事，妳早點休息吧。』

說著就要掛電話，鄭珈藍急急喊住她：「岩哥，那節目你還投資嗎？當初你是為了我才投資這個節目，現在我退出了，你是不是要撤資？」

她話沒說完就被黃岩打斷了：『撤什麼撤，生怕別人不知道妳那點事啊？而且節目收視率不是挺好？賺錢的買賣。行了，就這樣。』

聽筒裡傳來冰冷的忙音。

鄭珈藍捏著電話跪坐在床上，有種被全世界拋棄的感覺。

電話那頭，同伴叼著雪茄笑道：「對美人這麼不耐煩啊？」

黃岩一手摟著一個嫩模，笑呵呵的：「剛好玩膩了，該換口味了。」

第二天，鄭珈藍被叫到公司簽代言的解約協議。

她身上好幾個代言都提出了解約的要求，加之整晚沒怎麼睡，去公司時整個人憔悴到不行。

她平時為人高傲，走的是高冷女神路線，私下待人也很高冷，欺負新人給人臉色的事也沒少幹。現在跌落雲端，多的是落井下石的人。

往常她一到公司，又是端茶又是送水，高層辦公室隨便進。今天卻足足在休息室等了半個小時，開完會的高層才派人過來叫她。

進去之後沒有說多餘的話，直接讓她簽解約協議。合約中本來就有規定，若是代言期間有一方曝出醜聞，另一方有權要求解約賠償，這筆賠償費也要她自己出。

出了這種事，這一、兩年的時間內，她是翻不了身了。

中天一直都是一個沒有人情味的公司，昨天能全力捧你，今天也能毫不猶豫地放棄你。

高層見鄭珈藍簽完合約還坐在那不走，耐著性子問：「還有什麼事嗎？」

鄭珈藍牙根緊咬，努力克制著憤怒：「羅總，爆料這件事是誰幹的？查出來了嗎？」

羅總沒想到她會問這個，很嘲諷地看了她一眼：「這個圈子水有多深還需要我告訴妳嗎？珈藍，不是我說妳，妳也不是新人了，這種事查不到源頭的，妳在圈內多少敵人，自己心裡有數吧？」

他們靠這種手段搞死過多少明星，早就見怪不怪了。自己不乾淨，就別怪被人抓到把柄。雖然被毀了一個賺錢的藝人他們也很生氣，但資本市場就是這樣，犯不著為了一個鄭珈藍去跟其他資本硬碰硬。

中天逐年式微，已經禁不起什麼大風大浪了。

鄭珈藍一臉不服氣，「那這事就這麼算了？」

羅總敷衍道：「我們會查的，妳放心。」

鄭珈藍哪能聽不出他的敷衍，咬著牙道：「羅總，我懷疑這事跟許摘星有關係。」

羅總一愣，腦子裡閃過一個優雅精明的形象。對於普通人而言，許摘星只是一個大名鼎鼎的設計師，但對於圈內高層而言，這個名字意味著資本。

辰星娛樂如今已是圈內無可撼動的存在，且不論許摘星家世顯赫，許家星辰地產已是豪門新貴。連中天的CEO見了許摘星都要退避三舍，遑論他們。

這女人惹誰不好，居然惹許摘星。羅總也知道這位許董平時為人低調，不喜露面，如今中天跟辰星還有合作在身，可不能因為這顆棄子得罪對方。

羅總一臉冷怒：「這件事妳不用管了，我說了我們會查的。妳不要自做主張擅自行事，聽明白了嗎？」

鄭珈藍還想說什麼，被對方下了逐客令。

從公司離開的時候，她感受到周圍那些如芒刺在背的視線。

✦

外界發生的一切，對於岑風而言都不重要。

錄製一結束，他就投身到音樂劇的排練中了。之前他答應余令美幫舞臺劇的主題曲寫歌，詞是早就寫好的，他上週其實就寫完曲了，這週錄好demo，傳給余令美聽。

余令美非常喜歡，岑風的曲完全貼合詞意和主題，有一種暗黑迷幻的風格，她可以想像製作完成後在舞臺上邊唱邊跳時，是何種的引人入勝。

導演認可之後，岑風聯絡洪霜開始製作。

洪霜現在跟他成了朋友，對於他不斷嘗試新的音樂風格也很支援，收到這首跟音樂劇同名的〈王子和玫瑰〉，在編曲上給了很多中肯的建議。

兩人只花了幾天的時間就把這首歌製作好了。

岑風跟余令美商量之後，決定在音樂劇正式公演的前一週發行單曲，沒幾天，工作室開始進行新歌預熱。

風箏們得知又有新歌聽都特別興奮，畢竟愛豆今年專注話劇，除了年初的專輯《聽風》外，期間就只發了一首〈瘋子的世界〉，聽說這次的新歌還是音樂劇同名主題曲，又是新的風格，簡直期待得不要不要的。

許摘星一看到工作室的發文就從床上翻起來，忍著小激動傳訊息給岑風。

『哥哥，要發新歌了嗎！』

岑風應該是在排練，半小時後才回訊息。

『嗯，叫〈王子和玫瑰〉。』

『哇！一聽名字就很好聽！什麼時候發呀，好想聽 QAQ。』

『（音樂檔）。』

『哥哥我愛你！Mua ！』

愛豆太懂我了！

許摘星抱著手機倒在床上尖叫幾秒，興奮地點開檔案。

正聽得津津有味，有電話打了進來。她本來不想接的，但看來電是公關部，想著是不是又有愛豆的黑料，趕緊接了。

對方的聲音比往常任何時候都要急迫：『大小姐！妳被曝光了！』

許摘星聽到不是愛豆是自己，心裡倒是鬆了口氣，不緊不慢地問：「曝光什麼啊？」

公關部管理道：『有行銷號曝光了妳進出辰星的照片，還有妳跟蘇曼姐他們吃飯的照片。』

蘇曼是辰星的老員工了，也是圈內的金牌經紀人之一。

許摘星：「所以？」

管理：『他們造謠妳簽了辰星，準備進軍娛樂圈。』

許摘星：「……」

這一屆的黑粉，太沒腦子了吧？

許摘星居然有點想笑：「先把熱度降下來吧，我不想再上熱搜了。」

掛了電話，許摘星點開社群。

辰星發現的不算晚，但最近許摘星這個名字實在是太紅了，就這麼一下子的時間，各家八卦號全都分享了爆料和照片，熱搜已經升到了四十名，呈上升趨勢。

爆出第一手料的是一個權重不低的八卦號。

『吃到一個瓜。某高奢品牌的設計師準備轉行進圈了，最近正在某直播綜藝裡狂草粉絲人設拉好感，為入圈做準備，某家頂流粉被她遛著走，愛豆被蹭了熱度都不知道，笑死人。』

留言——

『瞬間解碼，許摘星嗎？』

『我靠？不會吧？是高奢品牌不香嗎？為什麼要入圈？』

『設計裙子哪有當明星賺錢啊，參加個綜藝上了十幾次熱搜，她做十年裙子也賺不到這個錢吧。』

『啊？不要啊！我最近正在嗑這對啊！許摘星沒有蹭熱度吧？她就是粉絲啊！』

『胡說，許摘星這種身分根本沒必要混娛樂圈好吧？參加綜藝也是為了救場。』

『我靠我看到另一個八卦號的爆料了，有圖！』

爆料人還分了好幾個地方爆。

另一個八卦號放出了許摘星進出辰星的照片，看衣服，應該就是這兩天拍的，另外幾張是她跟幾個人在餐廳吃飯說說笑笑的照片。

『圖上左一是辰星的金牌經紀人蘇曼，很多知名的藝人都是她帶出來的。看這相談甚歡的樣子，應該已經簽約了。許摘星真是打得一手好牌，岑風家被賣了還幫她數錢，真傻白甜粉。』

圖片一出，之前持懷疑和中立態度的網友也不得不信了。

風箏們一開始看到這個爆料，本來也都完全不信的，還在幫著控評回罵，結果現在行銷號放照片出來，等同於實錘打臉，直接把風箏打傻了。

不管是許摘星還是若若，風圈對她的態度一直都很友善。

因為她們知道，許摘星是真愛粉，她不會做出任何傷害愛豆的事。她們信任她，也喜歡她，她們無法對愛豆表達的愛，許摘星都會一一轉達。

許摘星就像整個粉絲群的代表，在她身上，她們能看到自己的影子。

可現在，現實卻告訴她們，這都是假的。

她們無比信任的小姐妹，其實是有著自己的小打算。她簽了經紀公司，準備進入娛樂圈，在蹭愛豆的熱度，拿愛豆當跳板。

這感覺，好像被親密的人背叛之後，還狠狠往心口戳了一刀。

風圈炸了。

與其說她們憤怒，不如說她們不願相信。

若若多好啊，每次活動的時候，拖著那麼重的箱子，不管烈日還是寒冬，都笑著發周邊給她們。為了發周邊，她錯過了好多次搶前排的機會，每次都說下次一定要去前面應援，可到了下次，還是能看到她站在外面開心地發周邊。

怎麼會是假的呢？

難道在直播裡，那樣毫不掩飾的維護和喜歡也是假的？

可如果是真的，又怎麼捨得去利用自己愛的人啊？

風箏們難受極了。

哪怕這個時候，除去一些不理智的粉絲直接開罵外，大部分的人還是克制著，不斷傳訊息給她，讓她給大家一個解釋。

風圈一片混亂，八卦網友們也是一言難盡。還以為真是個不計回報的真愛粉呢，原來依舊是利益至上啊。

真是不務正業，什麼人都想來娛樂圈撈錢。

對方自然不可能光放料，水軍也買了不少，風向一帶，許摘星又沒有粉絲，直接歪了。

辰星撤了熱搜又來一個，刪了文又來一篇。關鍵是這事還沒辦法澄清，妳說妳沒簽辰星不出道，那妳去辰星做什麼？跟經紀人吃飯幹什麼？

許摘星覺得頭有點疼。

先去群組裡安撫了暴躁的小姐妹們，告訴她們都是謠言後，許摘星又去社群逛了逛，看到那些一邊質問一邊傷心的粉絲，心裡也有些不是滋味。

她很懂那種感覺。

粉絲的愛被利用的感覺。

思考片刻，還是打了個電話給公關部。

網路上議論得沸沸揚揚，也有不少人去辰星官方帳號下詢問他們是不是真的簽了許摘星，沒想到辰星官方帳號很快對此事做出回應。

——@辰星娛樂：『@是許摘星呀，這是我們許董。』

直接掛出真相，是許摘星權衡之後的決定。

因為不管承不承認，這件事最後都一定會被扒出來。一個謊言要用無數個謊言去圓，就像她之前瞞著愛豆那樣，總有一天還是會被拆穿。

之前是大家沒往那方面想，沒人會把她跟八竿子打不著的辰星想在起來，現在網路上查詢企業資訊的系統還未完善，追星女孩們也還沒這個意識。但是再過一、兩年，等這些自助查企業資訊的系統壯大後，被發現只是分分鐘的事。

與其現在否認，不如直接承認。

她只是低調，並不是畏懼，這個身分對她而言，又不是什麼黑料。各種掩飾隱瞞，反而會為今後帶來無限的猜疑和麻煩。

辰星官方發言一出，網友愣住了。

什麼意思啊？

你說的這個董，是我們理解的那個董嗎？

熱門留言第一：『哪個董？』

辰星官方回覆：『董事長的董。』

網友：？？？？？？

風箏：！！！！！！

靠，什麼人間魔幻。

年紀輕輕，長得漂亮，高奢品牌設計師也就算了，妳居然還是圈內最厲害的經紀公司的董事長？

妳還是人嗎？妳這是天上神仙下凡歷劫順便創個業吧？

之前還在陰陽怪氣的網友們全都閉嘴了，並且紛紛開始反思，我愛豆跟辰星最近有合作嗎？我愛豆是辰星旗下的啊！我靠我剛才說的那些話不會牽連愛豆吧？

趕快去把那些留言刪了！

許董對不起，我們磕頭認罪！

風箏們著實沉默了一陣子。

震驚之後，心裡卻也實實在在地鬆了一口氣。

一為若若還是若若，她們沒有信任錯人。

二為爆料發生後，大部分的人都保持了理智沒有吵鬧辱罵，只是讓她解釋闢謠。

粉圈總是容易衝動，因為太愛太愛，捨不得愛豆受一點傷害，有時候愛到盲目，就會失去理智。

許摘星這種情況擱別人身上，可能早就被撕到媽都不認識了。但因為是若若，是那個她們喜歡信任的若若，所以耐心和理智得以存在。

至於那些不聽勸阻瘋狂辱罵的粉絲，風箏表示：滾開！你們這些披皮黑！我們不承認你的粉籍！

之前照片沒爆出來時風箏本來就一直在行銷號留言裡幫許摘星闢謠罵人，後來被照片帶歪了才停下來，現在真相一出，大家同仇敵愾，氣勢洶洶返回戰場勢必要把這些亂造謠的行銷號罵死。

結果一搜，發現那幾個爆料的行銷號都刪文了。

不僅刪文，過了沒多久再一搜，帳號也沒了。

網友：……這就是資本的力量嗎！

嗚嗚嗚求許董手下留情，千萬不要因為我們剛才的愚蠢言論遷怒我們愛豆啊，我們都是受小人蒙蔽，粉絲行為粉絲買單，跟愛豆無關啊 QAQ！

您消消氣，大不了等一下我們去給岑風投個票打個榜買個專輯什麼的，您看這樣可以嗎？

風箏：哈哈哈哈哈哈哈哈哈哈，我家大佬粉絲身分升級，更大佬了！

啊，突然有一點點慌張。

辰星董事長欸！

比起嬋娟設計師，這個名頭簡直是扔出來都要震三震的存在。

可是又因為若若的存在，風箏好像並不像其他網友那樣感到敬畏，因為若若跟她們實在是太親密了，每次活動接觸時，她平易近人又乖巧可愛，實在沒辦法把她跟威嚴可畏的董事長聯想在起來。

這種感覺實在是太奇怪太複雜了。

風箏們都在她的小號下面遲疑著留言：『我們還可以叫妳若若嗎？』

許摘星回覆：『不然你們打算怎麼叫？誰敢叫許董我發誓你再也領不到我的周邊了。』

風箏：『哈哈哈哈哈嗚嗚嗚嗚嗚果然還是那個若若，若若真好！』

#許摘星辰星董事長#很快代替之前的關鍵字爬上了熱搜。

有辰星公關部刻意壓著，熱搜只徘徊在中斷，時而爬上去又及時被撤下來，沒有引起全網爆的程度。

不過這跟全網爆也沒什麼區別了，反正大家都知道了。

『看這熱搜下降的速度，辰星沒想到有一天會幫自己董事長壓熱搜吧哈哈哈哈！』

『所以以往黑岑風的熱搜都撤得很快，辰星公關部就是為岑風開的吧。』

『我靠？找到原因了！有一個董事長粉絲真好QAQ。』

『好個屁，不知道被潛了多少次了，難怪岑風資源那麼好呢，呵呵。』

『潛你媽，嘴這麼臭是吃了多少你家主子的屎？』

『眼紅就眼紅，少他媽造謠，我哥走到現在這一步憑的是實力。』

『說真的，岑風從出道以來，資源確實比別人好啊。』

『說實話，資源好也是他該得的。怎麼，他的實力不配得到這樣的資源嗎？』

『粉絲怎麼就眼瞎不肯承認呢，如果沒有許摘星，岑風不可能發展得這麼好。』

『關你屁事？你有本事也找個娛樂公司董事長死忠粉啊，可惜沒人粉你主子，嘻嘻。』

風向很快就從許摘星董事長偏到了岑風資源上，這麼大的料，一直盯著岑風的對家當然不會放過，鉚足了勁要往潛規則上黑。

但許摘星早就料到這個局面，在很久以前，她就做過當自己董事長身分曝光後，應對這個場面的預案。

吩咐公關部啟動一級預案後，許摘星在事發之後終於上線親自表態。

——@是許摘星呀：『我給我愛豆送資源，犯法嗎？』

對啊，犯法嗎？

你們平時生活中喜歡誰都會想要送點禮物給他希望他過得更好，怎麼放到粉絲和愛豆身上就不行了？

花你家錢了？送你家資源了？關你什麼事？

公關部啟動預案後，行銷號和風圈聯動，很快就將風向控制住。

百萬粉八卦號發了一篇文，羅列了岑風自出道以來的所有資源，並表示：『說真的，岑風自出道以來，也沒拿過什麼過分的資源吧？他的重心一直放在音樂上，音樂能拿獎完全靠實力。他身上那些代言也不是辰星花錢買的啊，人家C位斷層出道，紅遍全網，代言商看中他的商業價值才找的他，這也能算辰星給的資源？綜藝也上的少，除了之前ＩＤ團的團綜，辰星旗下的幾大當紅綜藝根本沒讓岑風當常駐啊。』

『最後就是話劇，我說真的，這資源給別家，你看他們要不要。而且演話劇是聞行找他的，聞行跟辰星可不熟，這完全是岑風的個人人脈，還有說洪霜的，這更搞笑了，洪霜是那種會為了資本低頭的人嗎？影視劇、電影這些眾人爭搶的資源岑風一樣都沒有，就這樣你們也敢說辰星砸資源？那砸的也太寒酸了點。嬋娟秀就更牽強了吧，那是人家許摘星的個人品牌，她願意給誰就給誰啊，要照這麼說，岑風的資源還不如趙津津呢。』

網友這麼一看，好像是哦？

別的流量出道之後，大多數都跑去演電視劇了，為了主角、名導爭得頭破血流，圈內真正的資源，真的是在影視劇這塊上。

但人家岑風完全沒碰啊。

反而跑去演話劇，現在又在準備音樂劇，這資源白給有些藝人都不要的好嘛！

但是黑粉又有話說了，他們表示：『辰星和許摘星有多維護岑風明眼人都看得出來吧？光憑一個粉絲身分就能對他這麼好？岑風沒主動示好鬼信啊？很明顯就是為了資源心懷目的接近許摘星後被潛了啊。』

風圈大粉：『好，你既然說到這個了，那我們就來捋一下我哥的出道軌跡。首先，我哥是中天的簽約練習生，七年練習時長，實力有目共睹，卻因為被公司打壓，被高層覬覦，導致最後他對這個舞臺失去了信心。』

『F-Fly的時候他本該出道，但是沒有，他被送去H國訓練了兩年，回國之後其他練習生都在中天的包裝下出道了，唯獨岑風被當成棄子丟到了少偶。你別跟我說少偶後來有多火紅，誰不知道那時候中天跟辰星的關係？中天捨得把好苗子送給辰星？擺明了就是放棄岑風的意思。』

『後來我哥在節目裡的表現大家也看到了，前幾期因為敷衍一直被罵菜雞偷懶，他的自暴自棄是有目共睹的，他也曾站在舞臺上說，他不喜歡這個舞臺了。他去學機械，想去沒人的地方開個機修店，根本不想留在娛樂圈，他要什麼資源？是因為他私下教學的影片被大家看見了，是因為他不想連累隊友而認真對待一次舞臺，是因為粉絲一遍又一遍大喊我們愛你，才讓他眼中黯淡的光重新亮了起來。』

『少偶結束ＩＤ團一年營業，辰星給的資源旗鼓相當，照你這麼說，ＩＤ團其他八個人也被潛囉？一年之後我哥跟中天解約，還差點遭受天價違約金，解約之後成立個人工作室。從頭到尾我哥跟辰星就沒有簽約過，這也能叫潛規則？你家正主是這麼被潛的？最重要的是，最近的直播大家都看了吧？許摘星在裡面跟我哥稍微一靠近就耳紅面赤的樣子他媽的像是睡過的樣子嗎？』

網友：……思考方向很清奇，不過說得好有道理啊。

行銷號和風圈一聯動，反駁辯論井井有條，再加之準備好的水軍下場，風箏們對於若若又是完全信任，跳腳的黑粉被逼到死角，再怎麼努力也蹦不起來了。

辰星黨也一直努力地反黑，但是她們控評的點很與眾不同就是了。

她們說：男大當婚女大當嫁，都是年輕單身你們說個屁！你跟你男朋友談戀愛那叫潛？不叫？不叫那你還等什麼？還不趕緊加入我們嗑起來！

八卦群眾：好像有什麼不對，但看著八卦我莫名其妙開始嗑起了ＣＰ。

辰星黨又趁機壯大了一波，粉絲社群排名直逼第二名，某個大大剪的同框影片還被分享了上萬則上了熱門。

岑風是音樂劇排練結束才知道這件事。

他向來很少關注網路上那些東西，連社群小號都沒有，還是用尤桃的手機上線看了看。局面已經穩定下來，雖然討論度已經很高，但大都是正面的，辰星的公關能力還是很好的。

他在尤桃的搜索欄裡看到了「辰星ＣＰ」的關鍵字。

頓了頓，點了進去。

熱門第一就是那則很多分享的同框影片。是這兩期直播他跟許摘星的剪輯，以協力廠商的視角去看時，才發現在他沒有注意到她的時候，她的眼裡依舊都是他。

她的視線永遠跟隨他的身影，在他看不到的背後，一如既往熾熱又溫柔。

留言裡ＣＰ粉說：『妹妹的眼神快要把我融化了，哥哥不可能無動於衷！』

往下翻，還有很多他們的同框照、情侶照。有一張是他跟許摘星在節目裡比心的截圖，ＣＰ粉把兩人的比心動作Ｐ在一起，還加了濾鏡，看起來特別甜。

岑風看了那張圖好一陣子，自己都沒察覺唇角翹了起來，長按儲存後，退出社群點開聊天軟體，用尤桃的手機傳給自己，然後設置為聊天背景。

空白的背景突然變得粉粉嫩嫩的，他自己都忍不住笑了一下。

把手機還給尤桃後，他打電話給許摘星。

許摘星搞了一天公關，現在還在辰星，接電話時聲音雀躍似乎半點也沒受到影響，『哥哥，你排練結束啦？』

他嗓音溫柔：「嗯，我今天沒開車，可以來接我嗎？」

許摘星：『當然可以啊！你把地址傳給我，我很快就到！』

掛完電話，岑風去換衣服，剛換完就收到她傳來的訊息。

『哥哥，我出發啦！』

『嗯，開車小心點。』

『放心！比火箭還穩！』

還附帶一個火箭一飛衝天的貼圖。

這個小朋友一天到晚也不知道哪裡來的那麼多奇奇怪怪又可可愛愛的貼圖、梗圖，他坐在更衣室順手儲存了。

切到社群首頁，才看到ＩＤ團彈了不少未接視訊電話和訊息過來。他沒一一回覆，直接點開群組＠全員。

岑風：『＠全體成員，找我什麼事？』

施小燃：『靠靠靠靠靠靠風哥你終於活了！你今天看八卦了嗎？摘星居然是辰星的董事長我靠！』

何斯年：『隊長應該知道吧？』

岑風：『知道。』

大應：『靠？隊長你什麼時候知道的？你怎麼不早說？你知道我們因為欺瞞你良心有多不安嗎！』

蠟筆小新：『隊長你知道了你早說啊！我們背負了好久道德的譴責和兄弟情誼的鞭笞！』

oh井：『@大應，@蠟筆小新，@蒼蒼，出來挨打！還是兄弟嗎居然連我們一起騙！』

大應：『唉，人在屋簷下，不得不低頭，大小姐有令豈敢不從，兄弟也很無奈啊。』

三伏天：『所以許師是為了隊長開公司的？』

大應：『？』

蒼蒼：『？』

蠟筆小新：『？』

岑風：『……』

施小燃：『那應該不至於……』

oh井：『羨慕隊長，人生贏家。』

大應：『（梗圖：辰星是真的）。』

施小燃：『靠，應栩澤你居然當著隊長的面嗑CP？（梗圖：辰星給我鎖死）。』

蠟筆小新：『沒想到我們的男團群組居然混入了CP狗！隊長你不介意吧？（梗圖：辰星戶政事務所我搬來給你們了）。』

岑風：『不介意。』

大應：『？？？』

施小燃：『靠？我嗑到真的了？』

岑風：『暫時還沒有。』

蠟筆小新：『呼……嚇得我的熱狗差點掉了。』

岑風：『我努努力。』

大應：『！！！』

施小燃：『！！！！』

oh井：『！！！！』

何斯年：『隊長加油！』

群裡又吱哇亂叫地鬧起來。

岑風笑了笑，沒再回覆，退出聊天。收拾完東西，看看時間，她應該也快到了，起身往外走去。

音樂劇排練的地方在一個比較小的老劇院，這劇場已經快被淘汰了，幾年沒排過正式演出，成了很多劇組排練的場所。

後門連著停車場，門外一排銀杏樹，枝葉已經有些黃了。樹下坐了個看門的老爺爺，戴著眼鏡看報紙。

岑風戴好帽子口罩站在臺階上，微微倚著門框翻手機新聞。沒幾分鐘身後有人笑著跟他打招呼：「岑風，你還沒走呢？」

他回過頭去，禮貌地笑了一下：「嗯，在等人。」

來人是這次音樂劇的女主角薛慧，上次在飛機上許摘星配的那個角色歐婭就是她演的。薛慧是專業的音樂劇演員，音樂學院出身，歌劇唱得非常好，人也漂亮，嫵媚不失率真，是現在舞臺劇圈內最紅的女演員。

薛慧之前聽說要跟流量歌手搭檔，心裡還有些不滿，畢竟他們這些人最重視作品品質，擔心影響到自己的口碑聲譽。直到看了一場《飛越杜鵑窩》，又在導演余令美組織的飯局上跟岑風見了一面，才知道是自己狹隘了。

她跟岑風在劇裡演情侶，岑風飾演的王子對她又恨又愛，癡戀入迷。話劇圈內像岑風這樣顏值的人根本不存在，薛慧每次在劇裡都感覺自己要溺死在他的深情中了，又帥又癡情，這誰撐得住？

但一旦排練結束，他的眼睛裡只剩下淡漠。

連笑都顯得疏離。

薛慧有時候會故意去找他說話聊天，但截至目前為止，他們這劇都快公演了，她連岑風的好友都還沒加上。

多少還是有些不甘心的。

見他等在這裡，薛慧也不急著走，站在他身邊往外瞧了瞧，又從小提包裡摸出一包菸，抖出一根巧笑嫣然地遞過去。

岑風搖了下頭：「謝謝，不抽。」

薛慧有些意外：「現在還有男人不抽菸的啊？」

他淡淡笑了一下：「戒了。」

重生回來那兩年，菸不離手。後來遇到許摘星，小女孩還沒成年，總往他面前湊，如果聞到他身上的菸味，不好。

後來就戒了。

薛慧挑了下眉，微微往後一靠，背脊倚著門框，面對他而站，手指夾著菸，風衣捲髮，媚眼如絲，很有韻味。

「聽余姐說，你把主題曲寫好了？」

他沒抬眸，滑著手機：「嗯。」

薛慧吐了個煙圈：「傳給我聽聽唄。」

岑風聞到空中的菸味，不露痕跡皺了下眉，「等上線就能聽到了。」

薛慧看著他不冷不熱的態度，笑著嘆了聲氣，突然湊近問了句：「岑風，你是不是不喜歡女人啊？」

按照她對他的瞭解，她覺得岑風一定會被自己突然湊近的舉動嚇到往後躲，跟純情小男生似的，想想就好笑。

結果他根本沒什麼反應，還是隨意地靠在那，看她的眼神跟看外面那個看門的老爺爺沒什麼區別。

這才最叫人無語。

他把手機收了起來，微微籠在帽簷下的眼眸淡而疏離，很淡定地說了句：「我喜歡女人，只是不喜歡妳。」

薛慧：「……」

她差點被他氣死。

一輛黃色的跑車從門口緩緩開進來，不知道是不是她的錯覺，她感覺岑風的眼神突然溫柔下來，還很禮貌地跟她說了句「再見」，然後走下臺階。

薛慧遠遠看著，見他拉開副駕駛座的車門坐了進去，隔得太遠看不清，只是離開的時候透過擋風玻璃，看到車內似乎是個女生。

看報紙的老爺爺邁著小碎步跑到門口去收停車費。

許摘星搖下半扇窗：「爺爺，我剛進來，沒停。」

老大爺：「那也要給錢！這是劇院停車場，私家車不能進的！」

岑風有些好笑地遞過去一張五塊：「給他吧。」

給了錢，老爺爺才放行。

車子緩緩駛入主幹道，岑風把帽子和口罩取下來，偏頭看了認真開車的女孩兩眼。她微微抿著唇，神情顯得有些專注，雖然開車是該專注，但岑風總覺得她似乎還有點悶悶不樂。

過了一陣子，許摘星感覺到愛豆探究的目光，轉過頭乖乖地笑了一下：「哥哥，怎麼啦？」

岑風看著她的眼睛：「有什麼不開心的事嗎？」

許摘星連連搖頭：「沒有！」

岑風瞇了下眼，嗓音有些低沉的淡：「沒有問我排練累不累，也沒有問我今晚想吃什麼。」

許摘星「哦」了一聲，「哥哥，那你今天排練累嗎？今晚有什麼想吃的嗎？」

岑風：「……」

他有些好笑地伸手揉了下她的腦袋，「到底怎麼了？」

前面是紅燈，許摘星默不作聲踩了剎車，把下巴擱在方向盤上癱了幾秒鐘，好半天才有氣無力地說：「也沒怎麼，就是有點不想說話。」

話是這麼說，頓了不到五秒鐘，她就偏過小腦袋，小嘴歪歪地嘶著，偷偷瞅了他一眼，像蚊子似的哼哼唧唧：「哥哥，剛才跟你說話的那個女生是誰啊？」

岑風沒聽清：「什麼？」

前方綠燈亮起來，許摘星坐直身子，目不斜視正視前方，一臉正氣：「沒什麼！哥哥，晚上吃紅燒魚可以嗎？」

過了好半天，才聽到愛豆在旁邊意味不明地笑了一聲。

許摘星的臉被有些溫涼的手指戳了一下。

她晃了下腦袋：「幹什麼！」

岑風唇邊藏著笑意：「原來小朋友在生氣。」

許摘星感覺耳根子又燒起來了：「才沒有！哥哥你不要打擾我開車！」

岑風：「那個女生是音樂劇的女主角，她剛才只是在問我一些問題。妳想聽嗎？」

許摘星：「道路千萬條！安全第一條！行車不守法！親人兩行淚！哥哥你別說話了啊啊啊！」

岑風忍不住捂著臉笑起來。

第十九章　王子和玫瑰

許摘星被他笑得整個人都快燒起來了。

天啊我這是在做什麼？我是在吃醋嗎？我有什麼資格吃醋？

許摘星妳真是越來越得寸進尺了！我唾棄妳！

一直到家，她臉上的紅暈都沒褪下來過。

前兩天蘇曼送她兩條大河魚，許摘星醃了之後放在冰箱，今天剛好可以拿出來做。從廚房出來拿東西的時候，看到岑風蹲在大陽臺上澆花。

他脫了外套，裡面的衣服寬鬆地罩在身上，腳上的家居拖鞋是她前不久新買的，他穿著剛好合適，手裡握著噴灑壺耐心又細緻，好像在做一件再日常不過的事。

許摘星莫名其妙有一種他們已經在一起生活了很多年的羞恥感。

轉念一想，愛豆以後也是要談戀愛要結婚的。

那時候，他就會跟另一個女生在一起，你做飯我洗碗，你打掃我澆花……靠不能想，一想她感覺心裡又開始泛酸了。

完蛋，她不僅從親媽粉變成女友粉，她還從女友粉變成一個占有欲超強的狂熱女友粉，這他媽是要翻車的節奏。

許摘星哭唧唧跑進廚房面壁思過了。

時間已經入秋，天黑得早，等他們這頓飯吃完，外頭已經全暗了。夜晚的風吹進來有些涼，許摘星把窗戶關了，見愛豆坐在地板上玩遊戲，又拿了個小毯子過來搭在他腿上。

小毯子毛絨絨的，上面繡了很多隻小兔子，還是她以前上大學的時候許延買給她的。岑風低頭看了一眼，等她在旁邊坐下來後，拉過小毯子蓋在她腿上，一人一半。

是因為毯子不夠大，他還往她身邊挪了挪，於是兩個人靠得更近，腿都靠在一起。

許摘星心臟又開始狂跳。

偷偷摸摸瞟了愛豆一眼。

見他握著搖桿打遊戲，一臉淡然完全沒覺得哪裡不對，心裡忍不住哭唧唧起來。

自己為什麼會變成亂吃飛醋異想天開的狂熱女友粉？

還不都怪他每次這樣無意識的撩！

小朋友心緒不寧，遊戲裡也一直死，把愛豆幫她調出來的三十條命全都死光了。

岑風單手握住搖桿，另一隻手伸過來摸一下她的頭，「沒事，我的命給妳。」

許摘星：「……」

聽聽，我的命給妳。

這是一個愛豆能對粉絲說的話嗎！身分完全對調了啊喂！

許摘星在這個小鹿亂撞的夜晚全方位向愛豆展示了她的遊戲技術有多菜，但岑風一點也不介意，一直玩到接近十一點，她忍不住問：「哥哥，還玩嗎？」

岑風回頭看一下牆上的掛鐘，起身把搖桿收了，關了電源。許摘星本來打算送愛豆離開，結果他回頭笑著問了句：「要不要去看星星？」

許摘星一愣：「去哪？」

他食指朝上指了一下：「頂樓。」

許摘星搬來這幾年，從沒去過頂樓。聽他這麼說，心臟又開始加速。

理智告訴她應該拒絕，半夜和男人爬到樓頂一起看星星什麼的，不是和男朋友才會做的事嗎……

可反應過來的時候，已經點頭了。

岑風笑起來，走到沙發拿起外套穿上，又把她的外套拎過來搭在她肩上，許摘星埋著頭有點不好意思：「我自己穿。」

走之前，岑風把那條小兔子毛毯也拿上了。

電梯一路往上，到了二十樓。頂樓的門只是插著捎，但沒上鎖，推開門時，一陣涼風捲過來。

許摘星縮了下脖子，岑風伸手擋住門，等她進去，才輕輕關起。

秋夜的天空很澄澈。

月亮露了半塊，霧濛濛的，星星不算多，零星散在夜幕裡，微微閃爍。不知道是誰堆了不少木箱子在這裡，剛好可以當凳子坐。

四周很安靜，許摘星仰頭看著星星，突然想起幾年前，還是在少偶的時候，那個夜晚她也跟愛豆坐在臺階上賞月，那晚沒有星星，但月色很漂亮。

那個夜裡，他對她說，他會試一試，試著重新去愛上這個舞臺。

於是從那之後，他留了下來。

那他現在，已經從重新愛上這個舞臺了嗎？

應該是吧。

他臉上的笑容多了起來，眼睛的光亮了起來，他又漸漸變成她記憶中，最溫柔最美好的模樣。

她好開心呀。

似乎是察覺到她的視線，岑風轉頭看過來，柔聲問：「在看什麼？」

她一臉傻樂：「看你呀。」

岑風有些好笑：「不是帶妳來看星星的嗎？」

許摘星理直氣壯：「星星沒有你好看！」

岑風笑了下，抬手把小毯子披在她背上，垂眸替她撚了撚領角，低聲說：「星星最好看了。」

許摘星不服氣：「哥哥最好看！」

他用小毯子把她裹住，指尖無意識擦過她的下頷，嗓音裡有柔軟的笑意：「那好吧，都好看。」

她噘了下嘴，聲音小小地在那拍馬屁：「才沒有呢，哥哥最好看了，星星第二好看，星星是因為哥哥才發光的！」

岑風笑著揉了下她被夜風吹亂的瀏海：「妳說什麼就是什麼。」

許摘星的臉又紅了。

抿著嘴把慌亂的目光投向夜空。

唉，無形撩人最為致命。

她快被愛豆撩廢了。

這樣下去，哪天她要是把持不住了怎麼辦啊。

太愁人了。

許董身分曝光之後，《明星的新衣》直播收視率再創新高。

鄭珈藍退出了，節目組又找了另一個女藝人補位，雖然從目前來看，最後得第一的就是岑風了，但現在這節目熱度高話題廣，就算拿不到紅毯秀的名額，能在節目裡露面曝光也是很划算的。

現在大家都知道許摘星是辰星的董事長，不管是直播裡還是私底下對她都是畢恭畢敬，再也不敢耍什麼壞。

想到鄭珈藍的遭遇，大家雖然嘴上不說，但心裡都覺得多半跟許摘星有關。以她維護岑風的模樣，不整死鄭珈藍都算好的。

辰星公關部順著那幾個爆料的行銷號順藤摸瓜，最後還真的查到了鄭珈藍頭上。報告給許摘星後，她倒是沒說什麼，只是吩咐他們派人繼續盯著，有什麼新動作及時彙報。

直播進行了幾期，之前岑風降下去的熱度果然就又重回巔峰，月底，音樂劇同名主題曲〈王子和玫瑰〉全網上線。

這是一首跟以往風格不同的暗黑迷幻童話曲，時長足有八分鐘，比起錄音版，其實更適合現場演繹。

一經上線就霸占了各大音樂榜單的首位，風箏們表示：常規操作。

不少網友被這種很少聽過的新曲風吸引了，在聽完之後對即將公演的音樂劇表現出極大的興趣。

《飛越杜鵑窩》現在是兩三月演出一次，一次連演三天，跟音樂劇的巡演並不衝突。不過這樣一來，岑風的行程就很密集了。

又要直播又要巡演有時候還要拍代言、拍雜誌、出席商演，每一週安排得滿滿的，幾乎沒有休息的時間。

每次給行程表的時候，吳志雲自己都心虛，生怕岑風把代言雜誌什麼的推了，每次都要語重心長地暗示：「老婆本啊！」

岑風：「……」

然後他就接了下來。

吳志雲掰著手指頭算了算，覺得照這個行程下去，用不了多久大小姐應該就可以被娶回家了。

因為有了同名主題曲的預熱，《王子和玫瑰》在首演時獲得了很大的熱度。這種暗黑童話類型的音樂劇比起之前的《飛越杜鵑窩》吸引更多人，大部分網友在聽了岑風唱的歌後都覺得有必要現場再聽一遍。

不過門票著實不好搶，風箏都跟瘋了一樣，場場秒空。

有網友開玩笑說：岑風這個號召力，我建議哪位導演找他去拍電影，票房絕對爆。

岑風每次都會把前排中間的位子留給許摘星。結果許摘星只有第一次公演的時候去了一次，之後岑風再給票，她就不要了。

實在不想看愛豆在舞臺上跟一個大美女摟摟抱抱親親，雖然是借位，但她現在已經是個狂熱的女友粉了！萬一被刺激到她也不確定自己會做出什麼出格的事情來！

這次的音樂劇比起之前的話劇，更重舞臺觀賞度和感情的細膩表現，也讓現場的觀眾著實感受一把岑風的唱功。

第一次公演結束後，有關他的討論又登上了熱搜。

『相較於之前，感情的拿捏更加精準了，眼神戲好評。』

『唱功是真的厲害，不愧是華語樂壇新一輩裡的佼佼者，有點想聽他的演唱會了，聽說他跳舞也很厲害。』

『真的是天賦型演員吧，這一年來的話劇表演經驗已經讓他比那些活躍在影視劇裡的藝人出色太多了。』

『怎麼會有這麼全能的人啊我靠！又會唱又會跳又會演，關鍵他媽的還這麼帥！我突然理解為什麼許摘星那種人間嬌女會那麼喜歡他了。』

網路上好評如潮，岑風還是一如既往平常心，哪怕是當吳志雲欣喜若狂地把幾個電影劇本遞到他面前時，他還是那副淡然不起波瀾的模樣。

「張導啊！張導的新戲啊！我的天，岑風，你要紅了！不不不，你要更紅了！你要走向國際了！」

岑風：「……」

吳志雲興奮到原地轉圈圈：「男主角！張導新戲的男主角！主動遞來的橄欖枝！你讓我冷靜一下，我要冷靜一下！」他說著又一屁股坐到他身邊，拽著他的手臂：「這可不能不接啊！你要是把這個推了，我跟你拚命！」

岑風不理他，讓他自己冷靜，拿起劇本翻了翻。

是一個武俠劇本，有關朝廷風雲和江湖紛爭。

吳志雲等他翻完劇本才走過來，這下倒是冷靜多了，只是掩不住喜色：「怎麼樣？」

岑風看了他扔在旁邊的另外兩個劇本一眼：「那兩個呢？」

吳志雲：「張導的都來了，看其他的做什麼！」

話是這麼說，在岑風淡漠的目光下，還是乖乖把劇本遞過去了。

第二個劇本也是名導的，商業電影的大拿，每年的票房領跑者。

吳志雲在旁邊說：「這個也不錯！十億票房是板上釘釘的事，不過比起張導，還是情願選張導！」

岑風又拿起第三個劇本。

吳志雲：「唉，這個就不行了，一個拍文藝片的小導演，沒名氣沒票房沒得過獎，還跟我說是什麼準備了五、六年的片子，不行。不過這導演跟聞老師熟，你跟聞老師關係不是挺好嘛，我也不好直接拒絕，你看看就行了，萬一到時候聞老師親自來找你說，你可別同意啊。」

岑風翻開第一頁。

上面用黑體加粗的字寫上了標題：《荒原》。

旁邊有一行標注：我走過萬千世界，最後在心裡留下一片荒原。

吳志雲泡了一杯咖啡回來，看到岑風還在看《荒原》那個劇本，心裡開始有了不詳的預感。

岑風的神色還是很淡，但吳志雲覺得他的眼神好像有點不對勁，海一樣深邃的瞳孔像陷入什麼黑色旋渦裡，被牽引著掙脫不開，有些出神的專注。

吳志雲心裡開始咆哮，要完了要完了他媽的要完了！

果然，片刻之後，岑風抬頭跟他說：「我要見見這個導演。」

吳志雲差點當場給他表演心肌梗塞原地去世。

他咖啡也不喝了，扯著岑風的袖子哭哭啼啼：「風啊，崽啊，老闆啊，你就聽吳哥一句勸，別老是走彎路好嗎？你要去演話劇，我也沒說什麼，你接音樂劇，我也讓你接了。但是現在擺在你面前，一條陽關道一條獨木橋，反正都要走這條路，為什麼偏要選擇獨木橋呢？是張導的名氣不大嗎？是十億票房不香嗎？為什麼偏要選無名又無利的劇本啊！」

岑風看了他一下子。

吳志雲被他看得毛毛的，不自覺鬆開了手。

他笑了一下，很平靜地說：「我進這個圈子，從來都不是為了名利。」

吳志雲連連點頭：「我知道我知道！你是因為熱愛！因為夢想！但是夢想和名利不衝突啊，是可以雙贏的啊！你再看看張導這個本子，朝堂風雲詭譎莫辯！江湖紛爭刀光劍影！多熱血，多複雜，多考驗演技啊！你不心動嗎？」

岑風點了點頭：「是不錯，挺好的。」

吳志雲看著他。

岑風垂下眸，視線落在《荒原》兩個字上，「你看過這個劇本嗎？」

說實話他還真的沒看，因為根本沒入他的眼。

吳志雲有點尷尬地搖了搖頭。

岑風極輕地笑了一下，他說：「這個劇本，是講憂鬱症的。」
吳志雲愣愣地看著他，不知道這跟他有什麼關係，岑風卻沒有再多講，他淡聲吩咐：「跟導演約時間吧。」
他決定的事，從來沒人可以改變。
吳志雲感覺自己的心在滴血，一臉悲憤地走了。

不日之後，岑風在茶室見到《荒原》的導演。
跟他想像中有點不同，對方是個矮矮胖胖的小老頭，穿了件灰色的風衣，戴著獵鹿帽，一笑起來眼睛都看不到了，顯得十分和藹可親。
進門之後，他摘下皮手套，搓了搓手後才笑瞇瞇地伸過來跟岑風握手：「你好你好，我是滕文。」
岑風禮貌地笑道：「你好，我是岑風。」
滕文從善如流的在他對面坐下，眼神灼灼地看著他說：「我找你很久啦。」
岑風愣了一下：「您以前認識我嗎？」
滕文擺擺手，喝了口熱茶才說：「不認識不認識，我是前幾個月在聞老師家做客才知道你的，但是你就是我一直在找的男主角啊。」

他越說越興奮，因為暖氣的原因，臉色漸漸恢復紅潤，「我看了你的話劇和音樂劇，你的演技實在是太好啦，我特別喜歡你演的比利。」

岑風笑了笑：「謝謝。」他頓了頓，又禮貌問道：「為什麼找我呢？圈內那麼多演技好的藝人。」

滕文看了他一陣子，突然意味不明地笑了笑：「你不會不知道原因吧？」

岑風微微偏了下頭，示意自己不明白。

滕文目光灼熱：「因為憂鬱症這個主題只有你能本色出演，不是嗎？」

岑風愣了一下。

滕文笑瞇瞇的，又幫自己倒了一杯茶。過了好半天才聽見岑風低聲問：「您是怎麼得知的呢？」

滕文捧著茶杯：「我看了你在《少年偶像》的所有演出。」他瞇著眼，像在回憶，語氣變得有些感嘆：「那種狀態，我太熟悉了。」

岑風靜靜看著他。

滕文喝完茶，才又看向他，認真地說：「我想拍的東西，只有你能懂。」

岑風有一陣子沒說話，滕文也不急，喝喝茶吃吃點心，期間還叫服務生進來換了壺熱水。

過了好久岑風才說：「我已經好了。」

滕文笑了笑：「那更好，就不會害怕接這個劇本了。」他繼續說，「有些東西，就是要把結的痂撕開了才知道裡面還有沒有殘留的膿，你說是不是？」

沉默良久的岑風終於笑了一下：「是。」

兩人在茶室聊了聊劇本裡的劇情，最後定了進組的時間。

「音樂劇要巡演到年底，跨年有個舞臺，之後的行程還沒確定。」

滕文特別高興：「那就元旦進組吧！新年第一天就開機，吉利。」

合約很快寄到工作室。

吳志雲看到文件內心是崩潰的。

但岑風沒有給他說話的機會就直接簽名了，然後讓他把檔案傳回去，順便重新調整明年的行程計畫。

電影拍攝計畫是四個月，這期間他不能接其他活動。

吳志雲唉聲嘆氣，只能認命地去安排了。只不過小報告還是要打的，委屈地去找大小姐告狀。

「他要演話劇也演了，我攔他了嗎？沒有啊！現在演電影，挑個好劇本不好嗎？一炮而紅在電影圈站穩腳跟不好嗎？接這麼一個劇本，到時候票房不知道爛成什麼樣，會被罵死的！」

大小姐的重點再一次歪了：『你說那個電影是講什麼的？』

吳志雲：「憂鬱症！妳說這跟他有什麼關係？這種文藝片誰看得懂？粉絲都不一定買帳！」

電話那頭沉默了好久。

其實在參加少偶的時候，就有一些心理學專業的風箏在超話提醒大家，哥哥可能有憂鬱的傾向。

許摘星也知道，所以才那麼努力的，想要讓他感受到這個世界的愛，讓他愛這個世界，不至於走到曾經那一步。

如今他已經變得和常人無異，身上也再看不到半點憂鬱的晦暗。現在願意去接那個劇本，不管是直面也好，審視也好，她相信他有那麼做的理由。

吳志雲：「我知道！我知道妳又是站他那邊的，他做什麼妳都支持，都是妳寵的！」

許摘星忍不住笑了一下：『好了吳叔，事已成定局。』她頓了頓，又安慰他：『雖然票房不看好，但說不定會拿獎呢。』

吳志雲：「妳想得美！妳以為獎那麼好拿啊！他要是隨隨便便第一部電影就給我捧個金馬獎回來，我叫他爸爸！」

許摘星：『……吳叔，flag 最好還是不要亂立。』

不管怎麼樣，劇本就這麼定下來了。

吳志雲打電話給張導那邊婉拒的時候，對方都驚呆了。

什麼？居然還有影視新人會拒絕張導的男主角！

是不是瘋啦！

吳志雲：嗚嗚嗚說起來都是淚，我也很想哭。

他擔心得罪張導，還找了好多理由，但名導就是名導，氣量大，根本不會因為這種事生氣，只是笑呵呵問了一句：「那他接了哪個劇本啊？」

圈內導演找了誰其實彼此都知道，張導本來以為岑風選了那個商業片。

結果吳志雲說是《荒原》。

倒是讓他有些驚訝。

滕文雖然沒什麼名氣，但實力和才氣在圈內是備受認可的，只是他老是鼓搗一些不受市場待見的東西，別人勸也不聽，自有一股我行我素的執拗，張導還是很欣賞這個人的。

得知岑風接了《荒原》，不僅沒生氣，心裡反而對他又高看了幾分。

元旦就要進組，許摘星掰著手指算了一下，覺得自己能見到愛豆的時間驟然減少了。畢竟她又不能隨時去劇組探班，不然緋聞肯定滿天飛。

唉，好想變成一個腰部掛件掛在他腰上哦。

這麼一想，許摘星就不排斥去看音樂劇了。

看！

摟摟親親抱抱也要看！

於是許摘星看音樂劇的路透照又上了幾次熱搜，主要是她每次的位子都太好了，前排正中間，搶都搶不到的位子，明顯就是岑風給的。

風箏一片哭唧唧的羨慕。

許摘星倒是很大方，看了兩場後就在社群搞抽獎。從要去現場的粉絲中抽一個人跟她換票，反正她也看了幾次前排了，把好位子讓給沒看過的姐妹們體驗體驗。

把風箏們興奮得吱哇亂叫。

『許董威武！』

『好了，這位小姐妹妳的抽獎資格已經被取消了。』

粉圈一片歡騰，很快迎來了今年的跨年晚會。

今年岑風照常是收到了幾大熱門電視臺的邀約，但同時還收到了中央電視臺的邀請函。雖然中央電視臺的流量比不上熱門電視臺，但排面大啊！能上的都是備受認可的好青年，岑風自出道以來還是第一次受到中央媒體的青睞，吳志雲美滋滋幫他接了。

跨年官宣之後，摩拳擦掌準備搶票的風箏們一看愛豆居然要去中央電視，都還挺驚喜的。太好了，不用跟其他流量搶票了！

而且除去年輕人外，大部分觀眾還是會選擇看中央電視臺，這樣一來國民度也會大大增加，對現階段愛豆的宣傳來說是很有利的。

只是中央電視臺晚會的話就不能帶燈牌應援了，不能讓哥哥看到屬於他的橙海，不過也不慌，我們還有橙色手花！

只要粉絲想，沒有她們做不到的應援。

岑風的節目排在九點左右出場，正是電視收視的高峰期，能看出來電視臺對他還是挺重視的。許摘星專門幫他選了套紅西裝，非常喜慶！

這種不用應援的晚會她也就不跟其他小姐妹搶票了，岑風表演的時候她在員工通道後面也能看。

電視臺的主持風格大氣又穩重，岑風的名字念得字正腔圓，許摘星學著主持人的語氣念了一遍，還怪不好意思的。

晚會是直播，這一年的最後一天，千家萬戶其樂融融，一邊看著晚會一邊迎接新一年的到來。

某個偏遠小鎮，冷冰冰的屋子內，鬍子拉碴的男人滿身酒氣，手裡拎著一個啤酒瓶躺在沙發上。

整間屋子小又潮濕，只有一臺老式的電視發著光。

電視裡傳出主持人喜氣洋洋的聲音：「在我們的跨年舞臺上，除了有好運，當然也少不了好聽的歌曲，接下來讓我們掌聲歡迎，岑風！」

男人耷搭下來的眼皮抖了一下，醉醺醺的神情有些疑惑，半眯著眼看向電視。

螢幕裡出現一個穿紅西裝的帥氣少年。

他眉眼漂亮，唇角含笑，握著麥克風唱歌時，整個人都像在閃閃發光。

男人的眼睛越睜越大。

最後猛地從沙發上翻起來，因為動作太粗暴，打翻了酒瓶，他也不在意，衝到電視跟前，湊近了，死死盯著螢幕裡唱歌的少年。

不知道過去多久，他咧了咧嘴角，無聲笑了起來。

第二十章　威脅

跨年晚會的第二天，也就是元旦這一天，岑風正式進組。

拍攝地點在南方一個偏遠的海邊小鎮，早在一個月前，滕文就已經帶著團隊過來做準備了。

這部片他籌備了四、五年，絕不是開玩笑。從劇本到製作團隊再到後製，都是他親自一個一個去談的。他這些年琢磨的東西都沒什麼成效，投資不好拉，但好在人脈不錯，圈內好友都願意幫他一把。

《荒原》這部片投資成本不算高，東一點西一點的，也拉到一些聯合投資。最後岑風加盟的消息出來，又有資本方追加投資。

岑風的片酬要得不高，倒是讓滕文省了一大筆錢。

岑風是淩晨的飛機，參加完跨年直接去機場，劇組有專門的化妝師，許摘星也不能跟著，這次只帶了尤桃和工作室另一個負責宣發的助理巴國。

飛機落地之後在機場附近找了個酒店休息幾個小時，天一亮劇組就派車過來接人。幾個小時後，岑風到達海邊小鎮。

空氣裡有海的鹹濕味，海浪的聲音響在風裡，很是愜意。

上個月在B市已經見過電影團隊了，開了幾次劇本會議，對即將要合作的演員都有初步的認識。

滕文為了討彩頭，把開機儀式定在一號這一天，岑風剛下車就被工作人員帶到開機現場。媒體演員都已經到場了，就等主角。

還在美滋滋回味跨年舞臺的風箏們這才知道愛豆居然進組拍電影了！

啊啊啊啊啊啊啊啊拍電影！什麼神仙愛豆！直接從話劇跳到了電影！越級大作戰嗎！

祕密籌拍這麼久居然一點風聲都沒有，讓我們看一看是什麼名導豪華陣容大製作電影！

嗯？

《荒原》，這名字聽起來是個文藝片啊。

導演？不認識沒聽過。

配角？倒是有幾個老戲骨，但是比起大製作來說，這配置一般啊。

劇情？官方也沒說，媒體一問三不知。

風箏：啊啊啊啊啊@岑風工作室，給哥哥接什麼鬼劇本不要白費了我們哥哥的演技和咖位啊！這可是螢幕首秀啊！

工作室：「……」

有苦說不出。

岑風開拍電影的消息自然又上了一次熱搜。大家興致勃勃地圍觀，以為許董終於出手塞資源了，結果才發現這八卦寡淡無奇。

根本就不是什麼好資源！也不是辰星投資的，不知道是岑風從哪接的小劇本。

有些網友不信邪，還專門去搜尋導演的名字，想著就算劇本陣容不怎麼樣，導演應該是個拿獎的吧？

結果沒有。

默默無聞的小導演，以前的作品都是聽都沒聽過的劇情片文藝片。

雖然對文藝圈比較瞭解的觀眾都說滕文導演很有想法，實力不錯，但沒看到什麼實際成績，網友們沒什麼興趣。

黑粉本來還想趁機黑一波的，看這資源，什麼話也說不出來了。

散了吧散了吧，這個人又拿自己的人氣作死了。

風箏們雖然對這個電影不滿意，但愛豆接都接了，機都開了，能怎麼辦？畢竟是崽的第一部影視作品，再醜也是自家孩子，還能扔了啊？

而且既然哥哥願意拍，說明這起碼不是一部爛片，相信他就好了。

調整好心態，風箏們開開心心搞宣傳了。

一直到晚上的時候，才有行銷號爆料，說岑風拍的電影是有關憂鬱症的。

憂鬱症這個詞，一直是風圈避而不談的話題。

少偶期間愛豆的狀態有目共睹，那麼多心理專業的粉絲都在擔憂，絕不是空穴來風。她們那麼維護他，小心翼翼地保護他，不敢奢求太多，只希望他開心健康，就是因為這個原因。

可是沒想到她們諱莫如深，愛豆反而大方地去面對了。

是因為已經痊癒毫無影響？

還是因為感同身受所以無法拒絕？

不管哪種情況，粉絲都心疼得要命。

風圈又開始嗷嗷哭了，一邊哭一邊跑去許摘星那裡留言：『若若，妳一定要看好哥哥啊！他如果狀態有什麼不對勁，就算毀約也不能讓他繼續拍下去啊！營不營業有沒有作品不重要，他的身心健康最重要啊！』

她們現在已經習慣一有什麼事就來找若若了。

許摘星回覆說：『相信他。』

她的話就像一顆定心丸，大家焦慮的情緒減弱不少，化心疼為力量，又繼續努力地開始搞電影宣傳。

粉絲是不焦慮了，但許摘星卻陷入了深深的焦慮中。

她收到了派去監視岑風父親岑建忠的人傳來的訊息，對方有異動了。

岑建忠出獄之後，繼續之前遊手好閒的生活，他有殺人坐牢的經歷，人又沒個正行，找不到工作，一直吃著政府補貼，偶爾去建築工地打一天零工，賺到的錢不是拿去買酒就是賭博了。

可監視的人告訴她，今天早上岑建忠難得沒有喝得醉醺醺到處閒逛，他去鎮上的男裝店買了一套新衣服，還美滋滋跟店主說他要去找兒子了。

十多年過去，當年鎮上的人搬的搬走的走，知道他有兒子的人已經是少數，大家還笑話他喝多了酒說胡話。

許摘星知道這不是胡話。

他要來找岑風了。

該來的總會來，躲不掉的。

一旦涉及到有關岑風自殺的事上，許摘星發現自己總是沒辦法冷靜。那成了她心臟最深處的一根刺，平時沒關係，但稍微一碰，就會鑽心的痛。

但沒關係，她已經做了很多年的預案。

這一次，叫他有來無回。

第二天一早，岑建忠坐車到市區，買了當天去B市的火車票。監視他的兩個人按照大小姐的吩咐一路跟著他，站在他身後排隊，跟著買了同車次的票。

座位是硬座，要開三十多個小時。兩人上車後發現岑建忠跟他們在同一節車廂，但是位子沒在一起。

於是兩人去補了兩張臥鋪票，趁著岑建忠上廁所離座之後，跟他對面的人換了票。臥鋪換硬座，對方當然不會拒絕，高高興興提著行李走了。等岑建忠回來，發現旁邊換了兩個年輕人，也沒多想。

快入夜的時候，車廂內漸漸安靜下來，兩個年輕人打了一天的遊戲，現在看起來終於有點疲憊了，靠在椅子上看起了新聞。

有一個突然捅捅旁邊的同伴：「你妹妹還在追星嗎？」

同伴嘖了一聲：「追得那叫一個激烈，家裡海報都快貼不下了。前不久還非要跑去B市看演出，被我媽打了一頓，你說氣不氣人。」

「現在的小女生就是這樣，瘋狂起來沒底線。讓你父母看好她，我看新聞說岑風去拍電影了，別哪天你妹妹跑去劇組蹲人。」

岑建忠本來百無聊賴地縮在椅子上打瞌睡，聽到「岑風」兩個字，耳朵一抖，微微瞇眼看向對面。

兩個年輕人絲毫沒察覺他的打量，還在熱情地「聊著天」。

「不可能吧？劇組保護那麼嚴，她也進不去啊，在哪拍啊？影視城嗎？」

「不是呢，只說是在一個海邊小鎮。這種祕密籌備的電影消息很嚴的，就是為了防止粉絲探班，媒體都不知道位置。」

「那我不擔心，只要她找得到，隨便她去蹲。」

兩個人嘻嘻哈哈一陣子，岑建忠的臉色漸漸有點不好看。

怎麼跑去拍電影了？那他上哪找人？

緊接著兩個人又聊起來。

「你妹妹這麼喜歡岑風，那她肯定恨死辰星娛樂了吧？」

「天天在家罵，什麼垃圾公司遲早倒閉，吸血鬼公司遲早要完，聽得頭疼，你說關她什麼事？」

「話也不能這麼說，岑風跟辰星簽了那麼多年的霸王合約，累死累活也賺不到幾個錢，全被辰星拿走了，偶像成了打工仔，粉絲肯定心疼啊。」

「那也是他自己願意簽的啊，怪得了誰？雖然沒錢，但他有名啊。你看看辰星為了捧他投資多大，我前不久還聽說……」

說到這，他故意壓低聲音。

岑建忠正聽得起勁，不由得往前傾了傾身子。

聽到他低聲說：「岑風那次直播現場不是因為吸毒被抓了嗎？後來沒多久又放出來了，聽說是辰星拿錢打點的。岑風多賺錢啊，辰星可捨不得這顆搖錢樹被毀，每次有什麼黑料都花高價壓下來。許摘星你知道吧？辰星的董事長，別看年紀輕輕又是個女生，手段可不得了。嘖嘖，娛樂圈的事，複雜著呢。」

兩人聊了幾句，又轉頭聊起了另一個出軌的男明星。

岑建忠抄著手坐在對面，拿出自己破舊的二手智慧手機，回憶著之前手機店小妹教過他的使用方法，搞了好半天才打開網頁，在搜尋欄輸入了「岑風吸毒」四個字。

頁面旋轉了一下，果然跳出來不少消息，還有岑風現場被員警抓走的照片。

這兩個人說的都是真的！

岑建忠有點激動，悄悄把手機收起來，臉色已經由之前的難看轉為興奮。沒想到去找兒子的途中還能聽到這麼有用的消息。

找不到兒子沒關係，他被壓榨沒賺到錢也沒關係。

這個辰星娛樂聽起來，可比直接找兒子要錢容易得多啊！

他昨天晚上興奮得整晚沒睡，都在思考自己的計畫。兒子現在是大明星，要是不給錢，他就去找個媒體曝光他！

說他不贍養父親，讓所有網友罵他！而且自己還是個殺人犯，沒有哪個明星希望自己跟殺人犯父親扯上關聯吧？

岑風肯定願意拿錢消災。

但現在聽了這麼一番話，岑建忠改變主意了。

這個辰星娛樂似乎更在意兒子的名聲，連吸毒這種事都能壓下來，那他這個當爹的對他們而言只能算是小意思吧？

他也沒有要太多，五十萬就行，對於這些大人物大公司而言，還不是動動手指的事。

岑建忠決定了。

他要去找辰星娛樂！

火車開了三十多個小時。

淩晨一到站，岑建忠迫不及待地下了車，兩個人跟在他後面，看他一路走一路問，最後上了一輛計程車。

等車開走，才打電話給大小姐，「他上車了，應該會直接去公司。」

大小姐的聲音很冷靜：『知道了，你們撤吧，回家休息幾天，這幾天別露面。』

掛了電話，許摘星起床收拾收拾，準備去公司。

雖然萬事都已做好準備，但她腦子裡的弦依然緊繃著，出門時放在鞋櫃上的手機突然響起來，嚇了她一大跳。

來電是「我崽」。

許摘星一邊拍心口一邊接通電話，聲音還是一如既往的雀躍，「哥哥！」

那頭似乎有點驚訝她接的這麼快，頓了頓才說：『起床了？』

她點點頭：「是呀，怎麼啦？」

岑風的嗓音有點沉：『最近……沒發生什麼事吧？』

許摘星心裡一個咯噔，但語氣還是正常：「沒有呀，哥哥你怎麼了？為什麼這麼問？」

那頭沉默了好一陣子，才低聲說：『沒什麼，做了不好的夢，有些擔心妳。』

許摘星的心都融化了。

嗓音柔軟地安慰他：「夢和現實都是相反的，哥哥不要怕！是不是拍戲很累啊？晚上睡不好嗎？我讓桃子姐姐幫你買點安神薰香吧？有什麼想吃的嗎？我讓他們去買。」

他笑了一下：『不用，我在這裡很好。』

許摘星突然眼眶酸酸的，想在他身邊，輕輕地抱抱他，「哥哥不怕哦，不會有不好的事情，不要擔心。」

他聲音低又溫柔：『好。妳乖一點，有什麼事要告訴我。』

許摘星答應的飛快：「嗯嗯嗯！」

掛了電話，在原地發了一下呆，臉色漸漸冰冷。

那個人渣，她一定要不惜一切解決掉。讓他永遠永遠，再也沒機會出現在哥哥面前。

許摘星開車到公司的時候，天才剛剛亮。她去辦公室處理一些文件，等時間差不多了，去了監控室。

辰星監控室有上百個監視畫面，安全措施非常完善，她一來，工作人員立刻指著正門外一塊畫面給她看：「大小姐，妳看看是不是這個人？」

監視岑建忠的人早就把偷拍的照片傳過來，安全人員手裡也有，況且時間這麼早，他蹲在公司對面的路邊啃包子，行跡如此可疑，稍一對比就認出來了。

許摘星面無表情：「嗯，不要打草驚蛇，這兩天先盯緊他，有什麼異動及時彙報。」

安全人員點頭應了。

門衛那邊也早就得到消息，看岑建忠在門口徘徊也假裝沒看見。

快到中午的時候，許摘星領著幾個人從正門走出去。

岑建忠就站在不遠處的樹下看報紙。

許摘星目不斜視，抬起手腕看了手錶，語氣嚴厲又不滿：「車怎麼還沒到？」

助理趕緊走到一旁打電話。

岑建忠聽到他催促的聲音：「你在搞什麼？車怎麼還沒開過來？許董已經等得不耐煩了！」

岑建忠眼睛一亮。

蹲了幾個小時，總算讓他蹲到人了。

他用報紙做掩護，偷偷打量人群中那個穿著精緻五官漂亮的年輕女生。腦子裡又迴響起之前在火車上聽到的對話。

——你別看年紀輕輕又是個女生，手段厲害著。

這麼一看，確實很厲害，旁邊的人似乎很怕她的樣子。

一輛賓士商務車很快從車庫開了過來，助理幫她拉開車門，一行人坐車離開。

岑建忠蹲到了人，心滿意足地離開了。

安全室打電話給許摘星：『大小姐，那個人走了。』

第二天一早，岑建忠又來了。

許摘星根據監視的即時彙報，開著她那輛黃色跑車故意從他身邊開過，她開著車窗，岑建忠看得清清楚楚，站起身盯著車牌看了很久。

這車可真豪華，一看就不便宜。

還有眼前的辰星娛樂，這麼一大棟全是他們的，金碧輝煌氣勢恢宏。

岑建忠來之前本來想的是只要五十萬。

但是現在他改變主意了。

辰星這麼有錢，多要一點又何妨。

於是在蹲了兩天點之後，第三天下午，當許摘星開著跑車從大門緩緩出去時，岑建忠大步走了上來，趁著起落杆感應車牌，敲了敲許摘星半開的車窗。

車窗降下來，裡面漂亮的年輕女生微微鎖眉，警惕又不耐地看著他：「你幹什麼？」

岑建忠咧嘴一笑，露出一口黃牙：「妳好妳好，妳是辰星娛樂的董事長吧？」

許摘星眉頭皺得更緊：「你哪位？」

岑建忠俯下身，雙手按著車門：「許董事長，我有點事情想跟妳聊一聊。」

許摘星絲毫不掩自己的警惕，直接朝外面喊：「保全！」

那頭保全走了過來。

岑建忠臉色一變，也不跟她繞彎了，壓低聲音直接道：「許董，是跟岑風有關的，真的不聽一聽嗎？妳不聽，我就去找記者了。」

果然，一聽他這話，剛才還一臉不耐煩的女生頓時神情大變，緊緊皺著眉掃了他一眼，似乎在判斷他所說真假。

身後保全已經走了過來：「董事長。」

許摘星抿了抿唇，像是在思忖，幾秒之後揮了下手：「沒什麼事，回去吧。」

岑建忠咧嘴笑了。

等保全走遠了才問：「許董，我們換個地方說話？」

許摘星眉頭緊鎖看著他：「上車。」

岑建忠坐到副駕駛座，許摘星一言不發，將車開到公司側門旁邊的那條林蔭道上。這個範圍仍在辰星的監視畫面裡，不過因為是單行道，車少人也少，較為安靜。

她停下車，眼中有警惕，語氣冷冰冰的：「現在可以說了？找我什麼事？」

岑建忠笑著伸出手：「許董，認識一下，我是岑風的父親，岑建忠。」

許摘星愣了一下，像被震驚到了，沒理他的手，好一陣子才問：「他父親？他不是在孤兒院長大的嗎？」

岑建忠嘿嘿笑：「說來慚愧，早年犯了點事，在牢裡待了十幾年，剛出來，一出來就來找兒子了。」

他這話半真半威脅，他相信這位許董能聽明白他的意思。

果然，許摘星有些憤怒地看著他：「你想做什麼？」

岑建忠笑呵呵說：「我還能做什麼，我就是想找兒子要點贍養費。兒子養老子天經地義，不過分吧？」

許摘星冷笑一聲：「你和他在法律上已經沒有任何關係了，他無需對你承擔任何贍養義務，你就算告上了法院也沒用。」

岑建忠往後靠了靠，笑著說：「上法院做什麼，我才不去法院呢，我要去也是去找記者。」

許摘星一臉氣憤：「你！」

岑建忠笑瞇瞇地看著她：「許董妳不問問我早年是因為什麼事坐牢的嗎？」

許摘星順著他的話：「什麼事？」

他陰森森地笑了下：「殺人。」

許摘星臉色發白，微微往車門的方向躲了躲，語氣不像之前那麼強勢了：「你想做什麼？」

岑建忠陰森森道：「沒有哪個明星希望被人知道他的親生父親是殺人犯吧？不管他在法律

上跟我有沒有關係，我就是他親爹，賴不掉！兒子混成了大明星，親爹還在工地上累死累活，這說得過去嗎？聽說許董很維護我兒子啊，那行，這事我也不找我兒子了，妳直接幫我解決了吧。」

許摘星咬牙切齒：「你到底要做什麼？」

岑建忠：「給我一百萬，就當我沒來過。」

許摘星：「不可能！你怎麼不去搶！」

岑建忠冷笑：「一百萬對於許董來說只是小意思吧？妳如果不答應，我現在就去找記者爆料，讓他身敗名裂，毀了妳的搖錢樹。」

他還不忘補上一句：「我可是個殺人犯，什麼事都做得出來。」

許摘星像是被他嚇到了，聲音都在發抖：「我給了你就走嗎？再也不會回來？」

岑建忠：「當然。錢一到賬我就離開B市，妳放心，我這人言而有信，不會拿了錢還亂說話。」

過了半天，聽到許摘星咬牙道：「好，你帳戶給我，我現在就轉給你。你立刻離開！」

岑建忠喜上眉梢，立刻把提前準備好的銀行卡號拿給她看。

許摘星現場轉帳。

岑建忠的手機很快收到銀行傳來的進賬通知。

看著帳戶裡多出來的一百萬，他興奮到呼吸加重，轉頭深深看了被自己嚇癱的許摘星一眼，笑著露出一口黃牙：「許董真是爽快人，那再見了？」

許摘星偏過頭，沒理他。

岑建忠推開車門離開，走路都快飄起來了。

過了好一陣子，電話響起來，是安全部打來的：『大小姐，他叫車走了。』

許摘星臉上已經遍尋不到剛才的驚懼，平靜問：「派人跟著了嗎？」

『跟上了！』

「好，隨時跟我彙報。」

掛斷之後，她取下行車記錄器的記憶體卡，然後下車打電話給助理，讓他過來把車開到洗車店去。

從側門回到公司，安全人員一臉緊張地迎上來：「大小姐，妳沒事吧？妳怎麼能隨隨便便讓他上車呢！嚇死我們了！」

許摘星面色淺淡，揮了下手：「沒事，繼續監視著，最近他應該還會再來。」

回到辦公室，她把記憶體卡插入電腦。

螢幕裡出現車內的畫面。

一言一行都聽得清清楚楚。

許摘星盯著螢幕上那個中年男人，眼中只有冷意。

✦

岑建忠拿到錢並沒有立刻離開B市。天啊，一百萬啊，他做夢都不敢想能擁有這麼多錢。整個人喜得無法自拔，一回到小旅館立刻退房，搬到另外一個豪華的商務酒店。

接下來兩天，他幫自己買了不少好東西。

手機、衣服、鞋子、手錶，都是他在小鎮沒見過的。還去了一條龍洗浴中心，在裡面舒服服享受了兩天。

監視他的兩個人有些嘲諷：「以他這個花法，用不了幾天就沒了。大小姐看人可真準，這種人餵不飽的。」

從洗浴中心出來已經是晚上了，岑建忠穿得人模狗樣，搭車去了酒吧街。

他要了個沙發座，叫了不少陪酒小姐，左擁右抱，猜拳喝酒，一看就是那種土包子暴發戶來找樂子。

監視他的人也進了酒吧，就坐在他背後那桌，反正大小姐都要報帳，兩人還開心地點了一瓶洋酒。

正喝著，突然聽到嘈雜的音樂聲中有人喊：「岑建忠？我靠我沒認錯吧？老岑，真的是你啊？」

兩人對視一眼，不露痕跡地看過去。

來人是一個戴著大金鏈子的光頭，岑建忠醉醺醺地盯著他看了一下子，也認出來了：「老郭！郭光頭！」

兩人握住手，郭光頭熱切地問：「你什麼時候出來的啊？喲，發了呀？」

岑建忠樂呵呵的：「前幾年就出來了，比你晚了兩三年！」

原來是獄友。

監視他的人趕緊把消息彙報給大小姐。

岑建忠勾著光頭的脖子，非常豪氣：「你隨便點，今晚我請客！」

兩人一直喝到淩晨才勾肩搭背的離開，去的是岑建忠住的那家酒店。光頭大著舌頭問：「老岑，你怎麼混得這麼好啊？說來聽聽，帶兄弟一起發財啊。」

岑建忠又拿了兩瓶酒滿上：「兄弟這個辦法，你學不來。我是兒子生得好。」

酒喝上了頭，哪還記得什麼該說不該說，炫耀似的，一股腦把事情說出來了。

聽得光頭一愣一愣的，酒都醒了不少，拽著他問：「你只要了一百萬？」

岑建忠咋舌：「一百萬還不夠多啊？」

光頭痛心疾首道：「你傻啊，現在的明星隨隨便便拍個電視劇上個綜藝都是幾百萬，你兒子那麼有名，那個董事長又那麼在乎他，你就算要五百萬也不多啊！」

岑建忠渾身一個激靈：「你說真的？」

光頭道：「當然啊，來來來，聽哥幫你出主意。」

✦

幾天之後，許摘星開著車從大門離開時，又遇到了岑建忠。

許摘星一看到他就愣住了，隨即滿臉憤怒：「你怎麼還沒走？」

岑建忠趴在車窗前笑嘻嘻道：「許董，我想了想，覺得這事不對。我兒子一年幫你們賺那麼多錢，有幾千萬吧？你給我的連零頭都算不上，我太虧了。」

許摘星：「你還想要錢？」

岑建忠朝她比了三根手指：「不多，再給我三百萬，我立刻就走，絕對不會再出現在妳面前。」

許摘星氣憤道：「不可能！請你馬上離開！不然我叫保全了！」

岑建忠緩緩站直身子，目光陰沉看著跑車開走。

他打了個電話給光頭：「她拒絕了。」

那頭道：『我說得沒錯，這種人不見棺材不掉淚，現在你按照我給你的地址過去。我已經打聽到那個許董的電話了，傳到你手機。』

岑建忠有點驚訝：「這麼快？」

光頭笑道：『黑市什麼買不到。今天湊巧，運氣好，我一去就遇到有人兜售私人聯絡方式，這個許董就在其中。』

岑建忠笑呵呵的：「看來老天爺都在幫我。」

他從辰星離開，搭車去了一個娛樂報刊的辦公大樓前。

拿起新買的手機，拍了一張照片，專門把報刊的標誌拍了進去，然後傳送給新收到的許摘星的號碼。

那頭的訊息果然很快就來了。

『你要做什麼？』

『許董，我已經聯絡了記者。給妳五分鐘時間，我要三百萬。如果五分鐘之內沒收到錢，我就進去了。我會說出什麼，我自己也不敢保證。』

『你發誓這是最後一次。』

『我發誓，拿到錢我立刻走。許董，別拖拖拉拉了，時間已經過去一分鐘了。』

那頭沒再回訊息。

兩分鐘之後，手機一震，岑建忠再次收到銀行的到帳簡訊。

他興奮得心臟幾乎要跳出來，臉上的笑憋都憋不住，直接在樓下哈哈大笑起來。旁邊經過的人看瘋子一樣看他，他絲毫不在意，傳了一則「事成酒店見」的訊息給光頭，腳下生風走到路邊，搭車回酒店。

之前的一百萬被他花到只剩八十多萬了，加上現在這三百萬，他有三百八十萬！

他要好好計畫一下怎麼花，之前那個小鎮他是不會待了，去市裡買間房子，再買輛車。買個店面，娶個老婆，美美過上好日子。

如果……

如果哪天，他又缺錢了。

只要兒子還在娛樂圈一天，他相信這個許董永遠會屈服於他的威脅之下。

岑建忠美滋滋地閉著眼，一路哼著小曲回到酒店，剛走到酒店門口，周圍突然有幾個人衝上來按住他。

岑建忠還不知道發生了什麼事，頓時大喊大叫，周圍有人想上來幫忙，按住他的便衣刑警掏出一副手銬將他扣上：「員警辦案！」

岑建忠身子一僵，不可思議地大喊起來：「你們抓我做什麼！我什麼也沒幹！你們做什麼？」

便衣一巴掌拍在他頭上：「老實點！帶走。」

還在憤怒掙扎的岑建忠被押上了警車。

他一路上都在喊冤枉。

直到進了審訊室，員警往他對面一坐，冷笑道：「四百萬，膽子不小啊。」

岑建忠知道是許摘星報案了。

她怎麼敢！

他還想掙扎：「是她自願給的！替我兒子給贍養費！」

員警按下錄音筆，裡面傳出他的聲音。

——『我可是個殺人犯，什麼事都做得出來。』

——『妳如果不答應，我現在就去找記者爆料，讓他身敗名裂。』

岑建忠的冷汗打濕了後背。

員警冷笑著問：「這也叫自願？」

岑建忠後知後覺發現，自己似乎上套了。

這一趟走得太順了，從在火車上聽到岑風的消息，順利地找到辰星，看到了許摘星，上了她的車，隨便威脅幾句，拿到了錢。

可是怎麼會……

怎麼會這樣？

難道她一早就知道自己的意圖？她從火車上開始就在給自己下套了？

這不可能啊！

可是說什麼都晚了。

行車記錄器裡的畫面、手機簡訊、轉帳記錄，人證物證俱全。四百萬不是個小數目，在敲詐勒索罪裡，屬於數額特別巨大的嚴重情節，根據量刑，起碼是十年起步。

岑建忠知道自己完了。

但他不會讓那個女人好過！

真當他沒留後招嗎？

要死大家一起死吧！

許摘星很快收到員警退回來的三百八十萬，剩下的那二十萬，她就當餵狗了。辰星請了業界內處理敲詐勒索案最出名的律師，這次不讓人渣至少在裡面待十年，都對不起她的以身犯險。

至於十年後。

監獄裡的事，誰說得清呢。

她還在跟律師討論出庭細節，公關部的管理來敲門：「大小姐，有個八卦媒體放出了岑建忠的採訪影片，網路上已經爆了。」

許摘星愣了一下，突然笑起來：「果然留了後手。」

她拉開辦公桌，拿出來一個隨身碟遞給管理：「公關預案寄到你郵箱了，去處理吧。」

管理急急忙忙去了。

律師看著不慌不忙的女生，笑著問：「看來妳早有準備？」

許摘星笑了一下：「跟這種人接觸，怎麼能不留後手。」

岑建忠的採訪影片是他第二次來找許摘星之前，讓郭光頭充當記者，他充當被採訪人，在酒店錄的。

影片在郭光頭手裡，他如果出事，對方答應會把影片寄給八卦報刊。

上傳爆料的八卦號是個只有幾萬粉絲的小媒體，但影片一出，帶上了岑風的名字，熱度和流覽量迅速蔓延。

『驚天爆料！岑風親生父親現身，曾因殺人入獄，岑風拒不贍養，父親出獄無收入來源，乞討為生。』

少偶時，岑風被爆料孤兒院長大的時候，就有人提過殺人犯兒子這個詞。只不過沒人信，而且迅速被辰星壓了下去，沒幾個人注意到。

現在影片一出，畫面裡稍微打了馬賽克的中年男人一把鼻涕一把淚訴說這些年來的辛酸，說他好不容易湊夠了錢來到B市，想見兒子一面，結果兒子閉門不見，還急急忙忙以拍電影的名義躲開了。

影片裡，岑風被他說成了六親不認冷血無情的不孝之子。他穿得破破爛爛的，抹淚時手背上都是凍瘡和工地上幹活時受的傷，看起來別提多可憐了。

當然這不是重點，重點在於，岑風的親生父親居然是個殺人犯？

全網爆也只是一瞬間的事。

#岑風生父殺人犯#直登熱搜第一，後面跟了爆字。

網友在震驚看八卦的同時，一直以來盯著岑風卻找不到黑點的黑子們傾巢出動，迎來屬於他們的狂歡。

一黑他不贍養生父。

二黑他是殺人犯的兒子，帶壞風氣，這樣失格的人不配稱作偶像。

風箏們都傻了。

只知道愛豆是在孤兒院長大，這已經很讓她們震驚了，怎麼現在還跟殺人犯父親扯上關係了？她們根本不知道真假，也不敢冒失地去否認闢謠，只能控評說真相如何並不知道，不可聽信一面之詞。

一邊控評，一邊哭著去找若若。

若若說：『別怕，真相很快就來。』

她說很快，果然很快。

幾大百萬級行銷號和幾家主流媒體同時放出新聞採訪影片。

是許摘星這幾年派人在岑風當年生活的小鎮上，悄悄尋找到那些當年的鄰居、老師、醫生，甚至政府工作人員，採訪他們有關岑風和他那位人渣父親有關的一切。

只要給的錢足，哪有採訪不到的人。

影片裡打了馬賽克的中年婦女回憶著說：『岑建忠啊，我記得他。很清楚的，因為他當時企圖殺嬰，是我們醫院報的警。對，孩子剛出生母親就走了，他到醫院把孩子帶到樓梯間準備掐死，被我們的護理長撞見了。當時鎮上所有人都知道，他想殺了那個孩子。』

已經滿頭白髮的老奶奶語氣感嘆：『小風真的造孽喲，從小就沒媽，他那個爹也不管他。那麼小的孩子，我記得才三、四歲吧，渾身沒塊好肉，都是被他爹打的，拳打腳踢啊，你說小孩怎麼受得住？我們去拉，結果岑建忠見人就打，小風趴在地上，唉，那一次差點咽氣了。』

已經從部門退下來的退休政府官員坐在門前澆花，一邊回憶一邊道：『政府派人調解過很多次，沒用啊，他還是要打，喝醉了就拿孩子出氣。那時候吧，清官也難斷家務事，是他自己的孩子，我們也不能直接把孩子帶走。只能逢年過節給孩子補貼一些衣服食物，但是聽說都被他拿去賣了換錢，賭了。孩子大冬天的只穿一件襯衫，被凍暈在門口，他家鄰居來找我們，讓我們管管，你說這能怎麼管？總不能把他抓起來吧。』

還有看著岑風長大的幾個年輕人，現在也只是三十多歲的年紀，義憤填膺。

『天天都打小風，還不給他吃飯，我們那時候經常偷偷翻牆進去餵零食給小風，被他看見了還會被罵。』

『岑風現在能成為大明星，真的我們所有人都為他高興，都是他應得的。他小時候吃了太多苦了，他那個禽獸不如的爹後來殺人進了監獄，我們都為他高興，他被接去孤兒院那天還很禮貌地來跟我們說再見，說以後長大了，會回來找我們這些哥哥姐姐玩。唉，後來都搬走了，再也沒見過了。』

許摘星上大號分享影片。

——@是許摘星呀：『贍養你？你配嗎？禽獸不如的垃圾。只想見見兒子，那這個敲詐我的簡訊是鬼傳的？』

附了一張岑建忠最後和她的聊天截圖。

震驚一眾八卦網友。

我靠？三百萬？許董妳還真的給了？

辰星官方帳號很快分享了大小姐的文。

——@辰星官方：『已經立案，大小姐受驚了。』

許摘星和辰星來了這麼一齣，話題已經不在「殺人犯」上了，全部都在討論對方敲詐和虐待孩童。

看完影片和簡訊截圖的網友們群情激奮。

『靠，這種畜生是我我就殺了他！』

『岑風太慘了……我以為孤兒院長大，被校園暴力已經夠慘了，沒想到他還能更慘。』

『心疼他的粉絲，我再也不黑他了。』

『有些垃圾不配當父母！』

『所以殺人犯為什麼去找許摘星？是因為知道許摘星在乎岑風嗎？看簡訊上許摘星說你發誓這是最後一次，說明在這之前許摘星已經被敲詐過了。』

『嗚嗚嗚心疼我妹妹，為了哥哥真的付出太多了。哥哥現在還在劇組拍戲，應該都不知道這一切吧？妹妹為他擋住所有災難，辰星我嗑到死！』

『我唯轉CP粉了，真的太感動了。』

『敲詐三百萬是重罪，希望人渣牢底坐穿，不要再出來禍害人了。』

『岑風能活著長大真不容易啊，唉，突然覺得他現在擁有的一切都是老天給他的補償吧，是我可能早就撐不下去了。』

網友都這麼感慨，風箏更不用說了，簡直虐得心肝脾肺腎都要碎了。

一想到他曾經經歷的那些事，想到影片裡的人說，那麼小的孩子渾身上下被打得沒一塊好肉，被餓暈過去不知道多少次。

她們殺人的心都有了。

想把那個垃圾畜生亂刀砍死！

還去威脅敲詐若若！

馬上暴斃！我們要日夜詛咒他原地暴斃！

大家一邊罵一邊哭，還傳消息給若若，問她有沒有受傷。

若若發了文：『我沒事，都過去了，今後好好愛他吧。』

今後，好好愛他吧。

這唯一一個會威脅到他生死的人，也消失了。

她再也不必擔憂。

許摘星緊繃了好幾天的弦，終於鬆了下來，然後後知後覺感到疲憊和後怕。她拉上窗簾，手機關了靜音，蒙著被子在床上一睡就是一天。

最後是被敲門聲驚醒的。

那聲音不算重，但一下又一下，透著急切。她有點暈，翻身坐起時還在黑漆漆的房間內愣了幾秒鐘。

然後抓起手機看了一眼，晚上九點多了。

手機上有十多個未接來電。

我崽。

許摘星瞬間清醒，聯想到外面的敲門聲，鞋都沒來得及穿，噠噠噠跑出去開門。

咿噠一聲，房門由內而外推開，走廊亮著聲控燈，昏黃的光籠在門外戴帽子的少年身上。外面下了雪，他滿身寒意，抬頭看進來時，眼眸比海還深。

許摘星光著腳，頭髮淩亂，穿著睡衣，愣愣喊了一聲：「哥哥。」

下一刻，他一步跨進來，手指帶上門，砰一聲，門鎖上時，許摘星被他一把拉到懷裡。

他的力氣好大，兩隻手臂緊緊箍著她，許摘星貼著他冰涼的外套，聽到他劇烈的心跳聲。她有點不敢說話。

儘管被按得快要喘不上來氣了，她也沒動，沒推開他。

過了好久好久，才聽到他啞聲說：「妳嚇死我了。」

許摘星眼眶酸酸的，兩隻小手拽著他的衣角，一點點往上挪，然後輕輕拍了拍他僵硬的背脊，小聲安慰：「哥哥不怕，我沒事，都解決了。」

他的身子微微發抖。

手掌撫住她後腦勺，把她按在懷裡，聲音有點發狠：「我是不是說過，有什麼事都要告訴我？」

許摘星聲音悶悶的：「我可以解決……」

他的呼吸重了一些，像是被她氣到說不出話。

過了好半天，才慢慢鬆開她，手掌卻還拖著她後腦勺，低聲問：「有沒有受傷？他有沒有對妳做什麼？」

許摘星連連搖頭：「沒有沒有，我只給他錢了！」

她只開了臥室的燈，這裡有點暗，幾縷光線透過來，她看到他眼尾泛著紅。

她第一次見到愛豆這副模樣。

他永遠是波瀾不驚的，哪怕天塌下來都不會皺一下眉。

原來也會有這麼驚慌失措的樣子。

她的心像被針扎了一下，卻不疼，只微微地顫抖，有種莫名的感覺。她努力彎起唇角：

「哥哥，別擔心，我全部都解決好了，我很厲害的！」

他深深地看著她。

良久，睫毛顫了一下，低聲問：「為什麼要這麼做？為什麼要為了我去做這麼危險的事？」

許摘星眨眨眼睛，乖乖笑起來：「因為我愛你呀。」

我愛你呀。

好愛好愛，拿整個生命來愛你都不夠。

屋子裡安靜得只剩下呼吸聲。

許摘星感覺到撫著自己後頸的手指漸漸收緊，他抬了一下頭，唇角微微抿著，像是在克制什麼。

她扯扯他的衣角：「哥哥？」

岑風重新低下頭來，看著她的眼睛，聲音低沉著啞：「許摘星，以後不要說這句話了。」

她一臉迷茫：「為什麼？」

他微微俯身，尾音沙啞：「因為我會心動。」

——《娛樂圈是我的，我是你的【第二部】燈火璀璨》　未完待續——

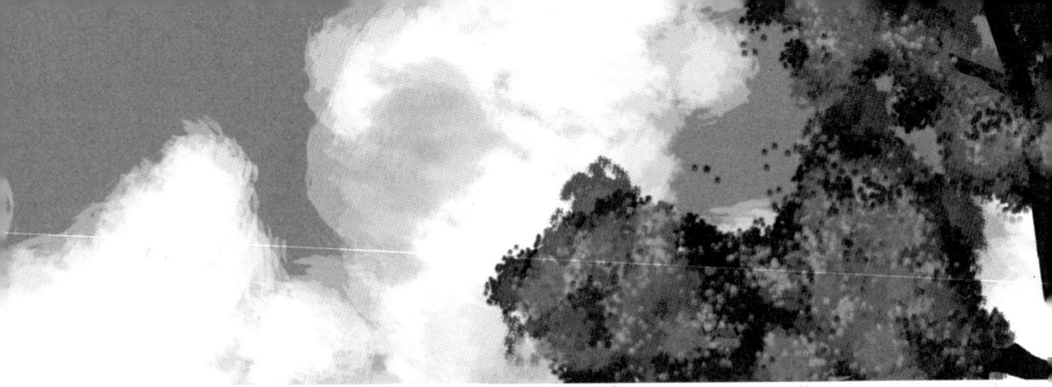

高寶書版集團
gobooks.com.tw

YH 103

娛樂圈是我的，我是你的【第二部】燈火璀璨（中）

作　　者　春刀寒
責任編輯　吳培禎
封面設計　茵萊登曼特
內頁排版　賴姵均
企　　劃　何嘉雯

發 行 人　朱凱蕾
出　　版　英屬維京群島商高寶國際有限公司台灣分公司
　　　　　Global Group Holdings, Ltd.
地　　址　台北市內湖區洲子街88號3樓
網　　址　gobooks.com.tw
電　　話　(02) 27992788
電　　郵　readers@gobooks.com.tw（讀者服務部）
傳　　真　出版部(02) 27990909　行銷部 (02) 27993088
郵政劃撥　19394552
戶　　名　英屬維京群島商高寶國際有限公司台灣分公司
發　　行　英屬維京群島商高寶國際有限公司台灣分公司
初　　版　2022年9月

本著作物《娛樂圈是我的[重生]》，作者：春刀寒，由北京晉江原創網絡科技有限公司授權出版。

國家圖書館出版品預行編目(CIP)資料

娛樂圈是我的.我是你的. 第二部, 燈火璀璨/春刀寒著. -- 初版. -- 臺北市：英屬維京群島商高寶國際有限公司臺灣分公司, 2022.09
　冊；　公分. --

ISBN 978-986-506-515-7(上冊：平裝). --
ISBN 978-986-506-516-4(中冊：平裝). --
ISBN 978-986-506-517-1(下冊：平裝). --
ISBN 978-986-506-518-8(全套：平裝)

857.7　　111013114

GOBOOKS
& SITAK
GROUP ©